物語完結後
から始まる
悪役令嬢の
大逆転劇

主な登場人物
イリス・タランチュラン＆うさぎ様
皇后毒殺の罪を着せられ処刑される当日、うさぎの神様のお告げで聖女として覚醒する。牢獄で出会ったメフィストとは協力関係にある。
メフィスト・サタンフォード
ある目的のため帝国へ交渉にやってくるも、ミーナに嵌められ牢獄に捕らわれていたところをイリスに救われる。頭脳明晰で国のことを常に想っている。
ベンジャミン
腐敗した神殿の中でも真に民を思いやる数少ない神官。イリスの聖女としての手腕に心を動かされて協力する。

エドガー・ラキアート
イリスとの婚約破棄の後、ミーナを婚約者として迎える。優柔不断で意思が弱い一面があり、ミーナや皇帝の手のひらに転がされる場面も。
エイドリアン・ラキアート
ラキアート帝国皇帝。目的のためなら息子すら駒にする狡猾な人物。国を揺るがす大きな野望を抱いているようで——？
ミーナ・ランブリック
イリスを陥れた張本人で、元聖女。国民からの信頼は厚いものの、目的のためならどんな手段でも厭わない腹黒い性格。

Contents

物語完結後から始まる悪役令嬢の大逆転劇

sasasa

イラスト
くにみつ

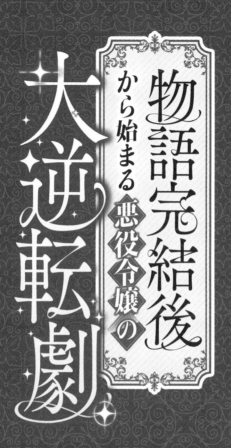

プロローグ　物語の末明

イリス・タランチュランは、牢獄の冷たい床で夢を見た。

一羽のウサギがイリスに近づいてきて、ふわふわモフモフの毛を押し付けてくる。イリスがその柔らかな耳を撫《な》でると、ウサギは満足げに目を細め、こう言った。

『気に入ったぞ』

驚いたイリスが手を引っ込めようとすれば、ウサギは真っ白な毛並みを黄金に輝かせ、更に続けた。

『我はこの物語の神である。君は悪役令嬢としては些《いささ》か大人しすぎたものの、自らの使命を全《まっと》うした。しかし、ヒロインのミーナはそうではない。ミーナは清らかさに欠け、強欲で残忍だ。ミーナの所為《せい》でこの物語はなんとも不完全燃焼な結末を迎えてしまった。我は配役を間違えたと後悔した。故に、完結したこの物語を今から脚色しようと思う』

『な、なんのお話ですか……？』

ウサギが光って喋《しゃべ》るだけでも驚きなのに、神だと名乗ったうえにわけの分からないことを言い出すので、イリスは震えながらウサギを見た。

するとウサギは、そのルビーのような目でイリスに問いかけた。

『ミーナやエドガーが、憎くはないか？』

イリスは、夜が明けたら皇后毒殺の罪により斬首刑に処される予定だ。無実である自分が処刑台に送られる要因となった2人のことを思い出して、奥歯を噛み締める。

イリスから婚約者を奪い嘘の証言で陥れたミーナと、ミーナと浮気してイリスを断罪した元婚約者のエドガー。どちらもイリスにとっては、苦い思いを抱く相手だ。

『……憎いと言えば、確かに憎いです。でも、私が今更何を主張したところで変わるものはありません。人々が信じるのは、聖女であるミーナの言葉だけ。私の主張は退けられ、より屈辱的な汚名を着せられるだけです』

『君の主張を、誰もが信じざるを得なくなったならどうだ？』

イリスは、これが夢だと自覚していた。だから、そんなことが実現するわけはないと思いながらも答えた。

『もし本当にそうなれば、私はあの2人と、私を蔑《ないがし》ろにした全ての人々に復讐《ふくしゅう》するでしょう』

神を名乗るウサギは満足げに大きく頷《うなず》くと、こう言った。

『やっぱり君を聖女にする』

その言葉の意味を理解するよりも早く、イリスの体が光に包まれた。夢の中だというのに、イリスは体が熱くなり、目の奥が痛んで目を瞑《つむ》る。

『どうかこの物語を、本当の完結へ導いてくれ』

次に目を開けた時、イリスはいつもの見慣れた牢獄の、固く冷たい床の上で飛び起きていた。目が、燃えるように熱かった。

夢の名残《なごり》に心臓がバクバクと鳴る中、視界の端、牢獄の隅にできていた水溜まりに紅色が反射した気がした。薄闇の中、その色の正体を探ろうと、水溜まりを覗《のぞ》き込んだイリスは、思わず後ずさる。

「はっ……あはは」

自分の目に手を伸ばし、イリスは笑う。そして天に向けて感謝した。

「神様、ありがとうございます……！」

◆◇◆◇◆

イリス・タランチュランが牢獄の中で飛び起きた同時刻、神殿では大神官が神託を受けていた。

「な、なんと……！」

聖杯を前にした大神官は、あまりの事態に驚愕《きょうがく》し頽《くずお》れた。

「猊下《げいか》！　どうされました⁉」

「神託だ……急ぎ皇帝陛下に謁見《えっけん》の要請を！」

神官たちが慌《あわ》てて動き回る中、何も知らぬ聖女ミーナは皇宮の皇太子宮にて皇太子であるエドガーの腕の中、幸せそうに眠っていた。本日婚姻を済ませた2人にはなんの憂《うれ》いもなく、豪華な広いベッドとふかふかの布団に包まれ、周囲にはミーナのために用意された宝飾品やドレスの数々が転がっていた。

田舎《いなか》の男爵家の私生児に過ぎなかったミーナは今や、誰もが羨《うらや》む皇太子妃である。その特権で贅沢《ぜいたく》を極め、我儘《わがまま》を尽くし、ミーナに執心しているエドガーを意のままに操る。

そんなミーナが人々から支持されるのは、その清らかで愛らしい見た目と、何より聖女であることが大きかった。

全てを手に入れた、言うなれば壮大な物語のヒロインのように輝いていたミーナの人生。その中においてまさに絶頂のその日、突如としてミーナの幸福は音を立てて崩れ始める。

「皇太子殿下！　妃殿下！　火急の知らせです！」

眠りを妨害する激しいノックに目を覚ましたミーナとエドガーは、不機嫌たっぷりに汗だくの侍従長を出迎えた。

「婚姻初夜のこんな時間に一体なんの用だ⁉」

エドガーが唾《つば》を撒き散らして怒鳴《どな》れば、侍従長は汗を拭《ぬぐ》いながら言い募《つの》った。

「神託です。驚くような神託が下り、皇帝陛下が急ぎ両殿下をお呼びにございます」

「神託だと？　そんなことでいちいち騒ぐとは。こっちには神に愛された聖女、ミーナがいるというのに。まあ、父上がお呼びなら仕方ない。ミーナ、悪いが準備をしてくれるかい？」

と、そこで。ミーナの方を見遣《みや》った皇太子エドガーと侍従長は、目を瞠《みは》った。

「ミ、ミーナ……」

「妃殿下……」

「エドガー？　どうかした？」

キョトンと首を傾《かし》げた皇太子妃ミーナは、平凡なブラウンの瞳をしていた。

「ミーナ！　そなた、聖女の証《あかし》のルビー眼はどうした⁉」

「え……？」

エドガーの叫んだ言葉の意味が分からず狼狽《うろた》えたミーナへ、侍従長が恐る恐る鏡を指す。

無駄に速まる鼓動に嫌な予感を覚えながら鏡を覗き込んだミーナは、自分の瞳を見て驚愕した。

「そんな……！」

今日までミーナが全てを手にしていたのは、ミーナが神に愛された聖女であったため。

しかし、鏡の中のミーナは聖女の証たる紅色に煌《きら》めくルビー眼を持ち合わせておらず、そこに在るのは驚愕の表情で自身を見返す平凡なブラウンの瞳だった。

「やはり、あの神託は本当だったのか……」

膝から崩れ落ちて愕然《がくぜん》とした侍従長の言葉に、苛立《いらだ》ったエドガーが掴《つか》みかかる。

「一体、どんな神託が下ったというんだ⁉」

「か、神が……罪を犯した偽りの聖女を廃し、無実たる真の聖女に加護を授ける、と……」

「なんだと⁉　ミーナが、偽りの聖女だというのか⁉　ミーナ以外の誰が真の聖女だというのだ！」

エドガーに詰め寄られ、侍従長は放心しながら答えた。

「神託によれば、真の聖女は――イリス・タランチュラン――とのことです」

エドガーとミーナが、盛大に息を呑み硬直する。

ヒロインのミーナが皇太子であるエドガーと結ばれ、悪女イリスは処刑される。

『めでたしめでたし』と締め括られたはずの物語が、この未明を境に再び動き出したのだった。

第一章　真実の聖女

夜明け前、牢獄に駆け付けた大神官が見たのは、聖女の証である紅色のルビー眼を煌めかせて背筋を伸ばす、イリス・タランチュランだった。

「大神官猊下、お待ちしておりました」

「イ、イリス嬢……その瞳は、その溢《あふ》れんばかりの聖力は……」

慌てふためいた大神官に向けて、イリスは微笑む。紅色の輝きを放つルビー眼が、三日月の形に歪《ゆが》んだ。

「夢で神のお告げを受けまして。目が覚めたらこのように」

「……神の、ご意志を直接賜《たまわ》ったと？」

目を見開いた大神官は、衝撃に手を震わせていた。

「どうやらそのようです。私も半信半疑でしたが、大神官猊下がこのような所にまで足を運ばれたということは、猊下も神託を授かったのでしょう？　神はなんと？」

「か、神は……罪を犯した偽りの聖女を廃し、無実たる真の聖女に加護を授ける、と」

「それでは、ミーナは聖女の力を失ったのですか？」

「はい、左様《さよう》でございます。イリス嬢、いや……イリス様！　どうかこの通りです」

膝を突いた大神官が、イリスへと頭を垂れる。

「あの日の私の過ちをお赦《ゆる》しください。神がご加護を授けられたというのであれば。真に正しかったのは貴女様でございます」

「……あの日のことは、決して忘れません。無実を訴える私を、猊下は背信者であると断言しましたね」

「っ！」

「ですが、赦しましょう。私の言葉を信じてくださるのであれば、私は他に何も望みません」

イリスが微笑めば、大神官は脂汗に濡れた顔を輝かせた。

「ああ！　なんと慈悲深い聖女様であることか！　間違いを犯し、偽りの者を崇《あが》めていた私にそのような御慈悲をいただけるとは……！　お約束致しましょう。神の御意志が何よりの証拠。今後、イリス様のお言葉を全面的に信じ、神殿を上げて支持させていただきます」

深々と頭を下げた大神官に、イリスは微笑みながら淡々と告げた。

「そうですか。それでは、私はいつ、この牢獄から出られるのでしょうか？」

「急ぎ皇帝陛下に許可を仰《あお》いでおります。今暫《しばら》くお待ちいただけると……」

「猊下。私はもう、十分過ぎるほど耐えました。見てください。この牢獄には、日の差す場所すらなく、ジメジメと湿り、虫がわき、水すら満足に与えてはもらえません。このような場所に、無実の聖女をいつまで閉じ込めるのですか」

「今少し！　今少しだけ、お待ちください！　私が直接出向き、陛下の許可を賜って参ります」

イリスが頷けば、大神官は飛ぶほどの勢いで走り去って行った。その背中を見送りながら、イリスは今後のことを考えていた。

如何《いか》にして、己《おのれ》を貶《おとし》めた者たちへ復讐するか。

ミーナが現れた時から狂い出したイリスの人生。それを取り戻すために、イリスは一先《ひとま》ず猫を被《かぶ》ることにした。本来であれば、あの大神官にかける慈悲などイリスは持ち合わせていない。

本当は今すぐにでも、あの肥えた腹を蹴り上げ、屈辱を与えられた恨みを晴らしてしまいたい。

しかし、イリスは、今はまだその時ではないと息を吐く。己の味わった恐怖、怒り、嘆き、絶望、孤独、後悔。その全てを、イリスを蔑ろにし、死に追いやろうとした人々へと何倍にもして返さなければ気が済まない。

神もまた、復讐したいというイリスの言葉に力を与えてくれた。だったら、とことん聖女の立場を利用して復讐をしてやろう。

そう決意したイリスは、ミーナが演じてきた〝聖女〟そっくりの笑顔を真似てルビー眼を細めるのだった。

◆◇◆◇◆

「大神官、どうであった？」

待ち構えていた皇帝が早口に聞くと、大神官は汗を拭いながら答えた。

「……間違いなく、イリス様は聖女でございます」

「っ……、では、我々は聖女を断罪したというのか⁉」

「左様でございます。そして神託の通りであれば、イリス様は無実だったということ。陛下、これは由々《ゆゆ》しき事態。急ぎ今後の策を練らねば、この国は終わりです」

大神官の顔からは血の気が失せており、手も震えたままだった。それを見た皇帝は、事態の深刻さに思い至り、己の額を押さえた。

「陛下！　どうか、冷静なご判断を！」

そこへ割り込み声を張り上げたのは、皇宮の侍従長だった。

「ミーナ様が聖女でなくなり、悪女として処刑予定のイリス様が聖女になった……偽者を擁護し、本物の聖女であったイリス様を虐《しいた》げたとあれば、皇室の威信は地に落ちます！」

唾を飛び散らしながら奏上《そうじょう》する侍従長に、皇帝は煩《わずら》わしげに手を振った。

「分かっておる！　だからこそ、私も頭が痛いのだ。一体どうしてこうなった。ミーナは本当に偽者だったのか？」

皇帝が大神官に問えば、大神官はすぐさま頷いた。

「試しましたが、ミーナ様の力は失われたまま少しも残っておりません。対してイリス様の力は一目見て分かるほどに強く、ミーナ様の力を遥《はる》かに凌《しの》ぐものです。イリス様の方が本物であると、認めざるを得ません」

皇帝の執務室に、絶望的な沈黙が落ちる。

「……だが、そんなことを公表すれば私の判断が間違っていたことを国中に晒《さら》すようなものではないか！　嘘吐きのミーナを聖女と崇め、真の聖女イリスの言葉を切り捨て断罪したなどと……それも、エドガーとミーナの婚姻の直後にこのような……今更ミーナを排除し、イリスを皇太子妃にしろというのか⁉」

怒鳴りながら花瓶を投げ付ける皇帝に向かい、大神官はハッキリと告げた。

「ではどうなさるおつもりですか？　聖女がいなければこの国は終わりです。今この時も土地が枯れ、砂漠は広がり国民は飢えと乾きに苦しんでおります！　そう遠くない未来に滅びの時が来るでしょう。ここは恥を忍んでイリス様の機嫌を取るべきです。そのためには偽者の排除もやむを得ませんでしょう」

「チッ！　あの、エドガーの馬鹿息子め！　よりにもよって本物を捨て、偽者と婚姻するとは！　偽者を溺愛《できあい》するあやつの所為で誰もが偽者の言葉を信じた！　それが偽りとも知らず！　全てはあやつの責めだ！　あやつがもっとしっかりしておれば、こんな事態にはならなかったものを！」

手当たり次第に物を投げながら、皇帝は髪を振り乱していた。それを避けながら、侍従長が大神官へ反論する。

「皇室の面子《めんつ》は何よりも優先されるべきもの！　陛下の判断が間違いであったなどと、帝国始まって以来の皇室の恥を国中に晒せと仰《おっしゃ》るのか⁉」

「では、このまま偽りの聖女を崇め続けろと？　聖力はおろか、ルビー眼を持たぬただの女を？　聖女の証は見てすぐにそれと分かるルビー眼。偽造など不可能なうえに、隠せば神への冒涜《ぼうとく》となります。イリス様が公の場に出れば、誰が聖女であるか一目瞭然。もう逃げようはありません。素直に罪を認め、潔く謝罪するのです！」

大神官が言えば、侍従長は言葉を詰まらせ、皇帝は呻《うめ》き声を上げて机を叩《たた》いた。

「そもそもイリスが無実であれば、皇后を殺した真犯人が他にいるはずではないかっ！　一体誰が皇后を殺したというのだ⁉」

「……陛下。神託には、罪を犯した偽りの聖女とありました。おのずと答えは出てきましょう」

憎々しげな皇帝へ大神官が静かに答えれば。皇帝はハッと目を見開いた。

「まさか、ミーナが？　皇后を毒殺したのは、イリスではなくミーナだったというのか⁉」

「可能性は高いです。あの日、イリス様はミーナ様の証言によって犯人と特定されました。しかし、ミーナ様のその証言が偽りであったなら……」

ダンッ、と机を蹴《け》った皇帝が侍従長へと顔を向ける。

「侍従長。そなた、あの日皇后に茶を淹《い》れたのはイリスであったと証言したな。あの場に居たのは皇后とイリス、ミーナ、そしてそなただけ。正直に申せ。本当にイリスが皇后の茶を淹れたのか？」

問い詰められた侍従長は真っ青になり、両膝を突いて頭を地面に擦り付けた。

「申し訳ございません！　聖女様に……ミーナ様に脅されて、嘘の証言を致しました！　あの日、皇后陛下に茶を淹れたのは、間違いなくミーナ様でございます！」

「ッ……！　では、やはり皇后を殺したのはあの偽聖女ミーナではないか！　侍従長、この責めはいずれ取らせる。それよりも今はイリスへの対応だ！　まさか本当に無実だったとは……くそっ！　何か手はないのか⁉」

「……イリス様を悪女と信じている国民は、イリス様が夜明けと共に処刑されるのを待ち侘《わ》びています。一刻も早く真実を公表しなければ、聖女であるイリス様を処刑しろという声が大きくなる一方です」

その大神官の言葉に、皇帝が顔を上げる。

「……イリスの様子は？　我らに対し、恨みを抱えておるか？」

「お話しした限りですと、なんとも申し上げられませんが……今後イリス様を蔑ろにするようなことがなければ、懐柔《かいじゅう》は可能かと思われます。まるで憑き物が落ちたかのようなお顔をされておいででした。聖女として目覚めたことで、人格も慈悲深くなられたのでしょう」

「そうか。では、イリスが我々を赦し、聖女として国に尽くしてくれる余地は十分にあるのだな？」

「はい」

大神官の頷きを見て、皇帝は腹を決めた。

「真の聖女イリスを解放し、偽りの聖女ミーナを牢獄へ送るのだ」

「陛下！　ですがイリス様は反逆者の娘なのですぞ⁉」

悲痛な叫びを上げた侍従長を一瞥《いちべつ》して、皇帝は苦々しげに吐き捨てる。

「タランチュラン公爵の反乱の際、イリスが処刑を免れたのは、皇室に父の陰謀を密告したからだ。その時点でタランチュラン家の反逆とイリスは無関係だ」

「ですが、陛下……」

「一方のミーナは田舎の男爵家の私生児に過ぎぬ。それが聖女の力を持っているというだけでこれまで重宝してきたが、何の力も持たん田舎の小娘にもう用はない！」

侍従長を押し退《の》けて、皇帝は指示を飛ばす。

「真実を公表し、真の聖女を皇太子妃として皇室に迎え入れる！　急ぎエドガーとミーナの離縁を進めよ！」

皇帝が力強く手を翳《かざ》すと共に、夜が明け始めた。

◆◇◆◇◆

公爵令嬢イリス・タランチュランは、帝国の筆頭公爵家に生まれ、何不自由なく育った。

血筋も器量も良く、聡明で才能もあり優秀。生まれながらの淑女と褒《ほ》め称《たた》えられるほどの気品も持ち合わせた、完璧な令嬢だった。

当然幼い頃から縁談話があとを絶たなかったが、父であるタランチュラン公爵が決めた縁談は、これ以上ないものだった。

いずれ皇太子となることが決まっている、エドガー皇子。齢10歳にして彼の婚約者となったイリスは、幼心にもエドガーに尽くそうと誓った。そのため努力を惜しまず妃教育に励み、その才覚は年々磨かれていった。

やがて成長し、立太子したエドガーとアカデミーに通うようになったイリスは、自分がこのまま皇后になることを疑いもしなかった。それは周囲も、そしてエドガーさえ同じだった。しかし、そんなイリスの人生は、突如として狂い出す。

田舎の男爵家の私生児に過ぎず、平民として生きてきたミーナ・ランブリックのアカデミー入学を機に、イリスの生活は音を立てて崩れ始めたのだ。

ミーナは可愛らしく清らかな見た目に反し、明るく快活な女性だった。

好きなものを好きと言い、嫌いなものは臆せず嫌いと叫ぶ。お淑《しと》やかな貴族令嬢たちの中にあって目を引くミーナの行動に、誰よりも惹かれたのは皇太子であるエドガーだった。

交流を重ね、逢瀬を重ね、親交を深める中でミーナとエドガーは互いを想い合うようになっていく。そんな2人を物陰から見ていたイリスは、なんとも言えない屈辱を胸に抱くようになった。

イリスはそこまでエドガーを愛していたわけではない。ただ、幼い頃から婚約者として出会い、尽くしてきたイリスにとって、異性とはエドガーが全てだった。

しかし、エドガーはそうではないのだと思うと、悔しくて悲しくて堪《たま》らなかった。

そんなある日、事態はイリスにとって悪い方向へと転ぶ。

なんの取り柄もない田舎の男爵家の私生児だと侮蔑されてきたミーナが、聖女として神の加護を受けたというのだ。

ミーナのブラウンの瞳は聖女の証たるルビー眼に変わり、その力で雨を呼び、病人を治し、枯れた土壌に恵みを齎《もたら》した。人々はミーナを崇め、彼女の愛らしい容姿もあって、ミーナはいつの間にか国中の憧れの的となっていった。

そうして最悪なことに、聖女であるミーナと皇太子エドガーのロマンスが、あちこちで取り沙汰されるようになる。そうなれば、正規の婚約者であるイリスは当然、存在するだけで悪者扱いされるようになった。

何もしていないのに悪い噂を流され、身に覚えのないことで陰口を叩かれる。

数カ月前までは、誰もがイリスを未来の皇后として歓迎していたにもかかわらず、今では誰もが聖女であるミーナと皇太子の婚姻を望むようになった。

それは皇帝も例外ではなく、イリスの父であるタランチュラン公爵へと内々に婚約破棄を打診するほどだった。

タランチュラン公爵は怒りに震えた。瑕疵《かし》のないイリスを除《の》け者にし、公爵家を蔑ろにして婚約破棄を迫る皇室への怒りは、少しずつ燃え広がり。結果的に、タランチュラン公爵が選んだのは反逆の道だった。

父の企《くわだ》てに気付き思い悩んだイリスは、祖国に背く後ろめたさから父を止めようとした。しかし、そんなイリスに激怒したタランチュラン公爵の手により監禁されてしまう。

このままでは家門が崩壊してしまうと嘆くイリスを助けたのは、母と幼い弟だった。

「あの人はおかしくなってしまったわ。あんなに冷静だった人が反逆だなんて……。皇太子殿下にこの状況を伝えなさい。そして反逆を防ぐようご助力を願うの。あなたはまだ殿下の婚約者よ。殿下がいくら他の女に心を奪われているとはいえ、ずっと尽くしてきたあなたの言葉を聞き捨てるわけないわ」

「お母様……」

「姉上、どうか父上を止めてください。殿下のご協力が得られれば、まだ間に合うはずです」

「馬を用意しているわ。それと、これも持ってお行きなさい」

イリスが母から渡されたのは、母が祖母から受け継いだロケットペンダントだった。母がそれをとても大事にしていたことを知っているイリスは、涙を堪《こら》えてそれを受け取った。

「さあ、行くのよ」

「必ず戻ります！」

そうしてイリスは、自ら馬を駆けて皇宮へと向かった。

「イリス、一体どうしたというのだ」

着の身着のまま一人、馬で駆けて来たイリスを出迎えたエドガーは、イリスの話を聞いて協力を約束した。

「疲れただろう？　あとは私に任せて暫く眠っていなさい」

安堵したイリスは眠気に襲われて目を閉じた。そして次に目を開けた時、驚くことに5日が過ぎており、全てが終わっていた。

皇太子エドガーは間に合わず、反乱を起こしたタランチュラン公爵はその場で殺され、母や弟を始めとしたタランチュランの一族はイリスを除いて全て処刑されてしまっていた。

一族の亡骸を前に絶望し泣き暮れたイリスは、母から預かったロケットペンダントの中に小さなメモが入っているのを見つける。そこには、『あなただけは必ず生き残りなさい。何があってもタランチュランの血筋を繋《つな》ぐのです』と書かれていた。

母の最後の願いを知り、家族のあとを追う道すら奪われたイリスは、自分の処遇を検討する皇帝とエドガーに頭を下げた。

なんでもするのでどうか命だけはと懇願するイリスを助けたのは、ミーナだった。

「イリス様は事前にタランチュラン公爵の思惑を殿下に話しました。止めることは叶《かな》いませんでしたが、お陰で被害は最小限に抑えられました。どうかイリス様をお助けください」

ミーナの一声で、イリスは罪を免れることとなった。

「ミーナ……いいえ、ミーナ様、ありがとうございます」

「いいのよ。あなたとは仲良くなりたいと思っていたの」

イリスは自らの愚かさを反省した。こんなに清い人に、悪い感情を抱いていたなんて。そのまま和解をし、イリスが真の意味で救われていたならば、この物語も少しは神の意志に沿っていたのかもしれない。しかし、そうはならなかった。

この時ミーナは、感激するイリスに背を向けてほくそ笑んでいた。


それからイリスは、反逆者の娘としてエドガーとの婚約を破棄され、奴隷のような扱いを受けた。

行き場もなく、財産もないイリスは、皇宮の使用人として働かされるようになったのだ。傷一つなかった手には皹《あかぎれ》ができ、公爵令嬢の落ちぶれた姿に周囲が嘲笑を向ける。

屈辱に苦しみながらもイリスが耐えたのは、母の残した願いを叶えるためと、何よりこれが命を救われたことに対する対価だと思ったからだ。それ故に、目の前で元婚約者のエドガーとその新たな婚約者となったミーナが手を取り合い、愛し合うのを見せつけられても、祝福するより他になかった。自分を救ってくれたミーナに、イリスは心から幸せになってほしいとさえ思っていた。

しかし、イリスの想いは呆気《あっけ》なく踏み躙《にじ》られることとなる。

「ねぇ、イリス。ちょっとお茶をしない？　お義母様も呼んでいるのよ」

「はい、ミーナ様」

すっかりミーナの召使いと化したイリスが、茶の準備をしていると。ミーナは横から出てきてイリスの手から茶器を奪った。

「今日は私が淹れるわ」

「ですが……」

「いいから。座っていて」

ミーナに言われ、座るイリス。皇后と共にやって来た侍従長が、そんなイリスを叱り付けた。

「貴様！　使用人の分際で聖女様を働かせておるのか！」

「いいのよ、侍従長。私がお義母様にお茶を淹れたいと言ったの」

謝ろうとしたイリスを庇《かば》い、ミーナが茶を注ぐ。

「お義母様、さあどうぞ召し上がってくださいな」

ミーナの言葉に、無表情な皇后は片眉を上げた。

「貴女にお義母様と呼ばれる謂《いわ》れはなくてよ。私はまだ貴女をエドガーの妃として認めていませんからね。せめてイリスのような気品を身に付けるまでは、婚姻は許しません」

「皇后陛下、聖女様にそのような……」

止めようとした侍従長を睨《にら》み、皇后は扇子で机を叩いた。

「私は今でも、あんなことがなければイリスをエドガーの妃にするべきだったと思っています。こんな下品な女を皇室に入れるなど……陛下もエドガーも、何を考えているのやら」

文句を言いながら皇后が茶を口にした、その時だった。

「ゴフッ」

血を吐いた皇后が一瞬にして倒れ、床に伏せたその身体はすぐに動かなくなる。即死だった。

ミーナの悲鳴に駆け付けた近衛隊が現状を把握し、真っ先にイリスが捕らえられる。

「皇后陛下が毒殺された！」

「犯人はイリス・タランチュランよ！　皇后陛下にお茶を淹れたのはイリスだわ！」

ミーナの言葉に、イリスは絶句した。疑いの目が自分に向かう中、イリスは必死に否定する。

「違う！　私じゃありません！」

皇帝、エドガーが駆け付け、大神官によって皇后の死が確認された。そしてその場で検証が行われる。

「皇后陛下とお茶をしたくて、私がお呼びしたのは間違いありません……ですが、私は茶器に少しも触れてません。準備は全てイリスが行いました」

泣きながらスラスラと証言するミーナに、イリスはただ違うとしか言えなかった。

「もしかしたらイリスは、エドガーを奪った私を殺そうとして毒を盛ったのかもしれません。それを間違えて皇后陛下にお出ししてしまったんですわ。命を救ってあげたのに、そんなに私が憎いの⁉」

ミーナの一方的な憶測だけの言葉は、ミーナが発したというだけで真実のように伝わってしまった。誰もがイリスを蔑んだ目で見る。

イリスは、違うと訴え続けた。本当に自分じゃない。しかし、イリスの言葉を信じる者などいなかった。

「聖女様のお言葉が間違いであるはずはない！　イリスは嘘吐きの背信者である！　神の名の下に粛清《しゅくせい》されるべきだ！」

そう断言したのは、大神官だった。

「間違いなく、イリスが皇后陛下に茶を淹れているところを見ました！　皇后陛下に毒を盛ったのはイリスです！」

侍従長のこの証言が決め手となり、泣きながら無実を訴えたイリスは周囲から憎悪の目を向けられた。

「エドガー様、どうか信じてください！　私は無実です！」

「お前の蛮行には反吐《へど》が出るっ！」

「きゃっ!!」

縋《すが》ろうとしたイリスを突き飛ばし、エドガーは冷たい目でかつての婚約者を見た。

「お前のような性悪女は死ぬべきだ」


幼い頃に将来を約束した相手から言われたその一言が、イリスから反論する気力を奪った。

黙り込み、放心して涙だけを流すイリス。その様子を見届けた皇帝は、立ち上がり高らかに判決を下した。

「皇后毒殺の罪でイリス・タランチュランを斬首刑に処す。処刑は皇太子エドガーと聖女ミーナの婚姻式の翌日、夜明けと共に実行する」

皇帝の宣言により、イリスは牢獄へ投げ込まれた。

「罪人がこのような高価な物を持っているのは許されない。これは私が押収しよう」

密《ひそ》かに隠していた母の形見のロケットペンダントを侍従長に取り上げられ、最低限の水と腐ったパンのみを与えられたイリスは、エドガーとミーナの婚姻式まで暗い牢獄の中で虚しく生かされ続けた。

そんなイリスを唯一訪ねてきたのは、ミーナだった。

しかし、ミーナはイリスを慰めにきたのではなかった。

「ごめんなさいね。皇后が邪魔でずっと殺してやりたかったんだけど、罪をなすり付ける相手を探してたのよ」

開口一番にそう言われたイリスは、もしかしたらミーナが自らの行いを恥じて助けてくれるかもしれないという、唯一の希望さえ打ち砕かれたことを悟った。

「エドガーの婚約者だったアンタが落ちぶれていく姿を見るのも楽しかったわ」

クスクスと微笑むミーナのその顔は、聖女とは程遠い邪悪なものだった。

「あの時生かしてあげたでしょう？　その恩を返すと思って、潔く処刑されてね。ああ、アンタが何を言ったって無駄よ。みんな、私の味方だもの」

言いたいことだけを言い、ミーナは機嫌良く去って行った。

最初のうちは泣き叫んでいたイリスも、次第に気力を失い、ただただ呆然と一日を過ごすようになった。

牢獄の中にいても伝わってくる、来たる皇太子と聖女の婚姻に向けての祝賀ムードが余計にイリスを追い詰めていく。

そんな中で、イリスの唯一の慰めになったのは、深夜の牢獄に何処からか聞こえてくる歌声だった。

イリスは、それが自分の幻聴なのか現実なのか、その区別すらつかなかったが、美しい澄んだ歌声に癒《い》やされ、荒《すさ》んで消耗した心を少しずつ取り戻していった。

どうせ死ぬのなら、華々しく、タランチュランらしく、優雅に死のう。

そしてその日、エドガーとミーナの婚姻に沸く帝国の雰囲気を感じ取りながら、イリスは夜明けの処刑を前にして心穏やかに目を閉じたのだった。

第二章　牢獄の最奥

「一体、何がどうなっているんだ……！」

エドガーは苦々しげに壁を殴《なぐ》った。

「何故我々が閉じ込められなければならない⁉」

固く閉ざされた扉は開けることを許されず。皇太子であるエドガーと、その妃のミーナは軟禁されていた。

「ミーナ！　本当に力を使えないのか⁉」

「………………」

無言で首を横に振るミーナを見て、エドガーは頭を掻《か》きむしった。

夜明け前、皇帝の元に呼び出されたエドガーとミーナは、ミーナの瞳が平凡なブラウンであると判明した時点で皇帝の執務室を追い出された。

そしてそのまま閉じ込められ、様子を見に来た大神官によってミーナの聖力が完全に失われたことが確認された。

それからというもの、空が白けてもなんの音沙汰もない。

本来であれば、夜明けと共に悪女イリス・タランチュランの処刑が実行される予定であった。

しかし、一向にそんな気配はなく。

時間だけが過ぎる中、次第にエドガーは落ち着きをなくしていった。

「どう考えてもおかしいだろうっ！　何故、イリスが本物だなどと……っ！　だったらミーナはなんだったというのだ!?　ミーナこそ本物だ！　イリスが……母上を殺した悪女が聖女であるはずがないっ！」

騒ぐエドガーとは対照的に、ミーナは沈黙を貫いたままだった。しかし、時間が経つにつれ親指の爪を噛みしめて目が血走っていく。

「罪を犯した偽りの聖女だと!?　一体ミーナが何をしたというのだ！　ミーナ！　そなたは何も罪を犯していない、イリスが皇后である母上を毒殺したのを見た、それだけだろう!?」

しかし、ミーナは何も答えなかった。そのことに焦《じ》れたエドガーが詰め寄ろうとしたところで、ずっと動く気配のなかった扉が開いた。

「何を騒いでおるのだ」

「父上！」

冷たい表情をした皇帝が入ってくると、エドガーは一目散に駆け寄った。

「何がどうなっているのです？　ミーナの疑いは晴れましたでしょうか？　イリスの処刑は済みましたか⁉」

息子を一瞥した皇帝は、鋭い角度で息子の頬を平手打ちした。バチン、と乾いた音が響く。

「うっ⁉　……父上？」

「この痴れ者が！」

いつだって皇太子であるエドガーに優しかった父が、突然頬を打ち激昂《げきこう》している理由が、エドガーには分からなかった。

「イリスはミーナを遥かに凌駕《りょうが》する聖女の力を持っている！　本物はイリスだ！　たかだか平民上がりの私生児に騙《だま》されおって！」

「……は？」

「お前が惚れ込んでいるその女は偽者だ！　イリスこそ本物の聖女だ！」

エドガーは、床に膝を突いて放心した。皇帝である父の言葉を、理解したくはなかった。

「そんな……嘘です。嘘だ！　だってイリスは母上を毒殺したのですよ⁉　父上は母上の仇が憎くないのですか⁉」

エドガーが縋れば、皇帝は息子の手を突き飛ばした。

「知れたことを！　神託にあったであろうが！　偽りの聖女ミーナは罪を犯し、真の聖女イリスは無実だと！　イリスが皇后を毒殺したと証言したのはミーナだ！　その結果ミーナは聖女でなくなり、イリスが聖女となった。どちらが正しかったかなど、考えるまでもない！」

エドガーの頭の中で、皇帝の言葉がグルグルと回る。

「では……それでは一体、誰が母上を殺したというのですか？」

「……ミーナよ。あの日、あの場に居たのは皇后とイリス、そして貴様と侍従長だけだ。貴様の潔白を証言した侍従長が白状した。皇后に茶を淹れたのはイリスではなく、ミーナであったと。正直に申せば少しは楽に死なせてやろうぞ」

怒りを抑え切れない皇帝の低い声に、ミーナよりも震え上がったのはエドガーだった。

「そんな……嘘だ、嘘だろう？　……ミーナ……」

懇願するようなエドガーに、ギリリと親指の爪を噛みちぎったミーナが声を荒げる。

「ええ、そうですよ！　私です！　私が皇后を殺したのよ！」

逆上したミーナは、愛らしい顔を獣のように醜《みにく》く歪めて皇帝と皇太子を睨み付けていた。

「何故だ？」

憎悪のこもった目で皇帝が問うと、ミーナは開き直って自らの行いを暴露し始めた。

「邪魔だったのよ！　皇后は、いつだって私とイリスを比較した！　みんな私が聖女ってだけでチヤホヤしてくれたのに、皇后だけは最後まで私がエドガーの妃になることに反対していたでしょう⁉　いい加減ウザったかったのよ！　だからイリスに罪をなすり付けて殺してやったのにっ！　どうして……どうしてこうなるの⁉　全て上手くいっていたのにっ」

「そんな、……嘘だと言ってくれ、ミーナ」

理解が追い付かず、表情を失《な》くしたエドガーがミーナへと手を伸ばす。

「あなたもあなたよ！　母親の機嫌を伺《うかが》って、私との結婚を迷っていたでしょう⁉　皇后を説得すると言っておいて、あなたは何もしようとはしなかった！　知ってるんだからね！　あなたのその優柔不断な態度が母親を死に追いやったのよ！」

髪を振り乱し、絶叫するミーナにはもはや聖女の面影《おもかげ》すらなかった。

「あー！　これで何もかも終わりってわけね⁉　なんなのよ！　あの女、どこまで私を邪魔するの！　あの時殺しておけば、こんなことにはならなかったのに！」

喚《わめ》き散らすミーナを憎々しげに睨んだ皇帝は、吐き捨てるように言った。

「イリスの代わりにミーナを投獄する！　そしてエドガー、お前にはミーナとの離縁を命じる。離縁後、直ちに聖女イリスに求婚するのだ」

長く険しい障害を経て漸《ようや》く愛する人と結ばれたばかりのエドガーは、別人のように豹変した妻と、父である皇帝の残酷な言葉についていけず、ただただ放心した。

「聞いているのか、エドガー！」

「わ、……分かりません、私には……何がなんだか……」

「チッ！　ここまで腑抜《ふぬ》けとは！　どうやらお前を甘やかし過ぎたようだ。頭が冷えるまでこの部屋から出るでないっ！」

偽者の烙印《らくいん》を押されて発狂するミーナは近衛隊に連れて行かれ、皇帝は息子の部屋に鍵を掛けた。

取り残されたエドガーは、目紛しい展開の中、情けなくもその場でふらりと気を失ったのだった。

◆◇◆◇◆

ミーナと入れ替わりに牢獄から出されたイリスは、体を清め、綺麗《きれい》なドレスを纏《まと》い、丁寧《ていねい》に整えられた部屋へと通された。

悪女として処刑されるはずだったイリスが優雅に宮殿内を歩く姿を目撃した使用人たちが、一様に驚愕の表情でイリスを見る。

そんな視線を気にすることなく歩くイリスは、目を瞠るほどだった美貌こそ痩《や》せ細って幾分か失われてしまったものの、変わらずに背筋を伸ばす凛《りん》とした気品は健在だった。

「イリス様、陛下がお越しになりたいそうですが、如何致《いかが》しましょうか」

部屋を訪れた大神官の問いに、イリスは億劫そうに顔を上げた。

「申し訳ございませんが、ずっと牢獄に居たせいで疲れが溜まっているようです。一休みしたあとからでも宜《よろ》しいでしょうか？」

これはイリスの本音だった。

無論、皇帝を待たせることで己の優位を示したいという意図もあったが、それよりもずっと狭く汚い牢獄の中に居たイリスは、歩いて入浴するだけで体力を使い果たしてしまっていた。とてもこれから皇帝と会う気力はなかった。

疲れた様子のイリスを見て、大神官が慌てて頭を下げる。

「これは、思い至らず失礼致しました。陛下には延期していただくようお伝え致します。どうぞごゆるりとお休みください」

大神官が退室し、限界だったイリスはふかふかのベッドに身を投げ出す。そして体が沈み込むのと同時に深い眠りに落ちたのだった。

『なかなか順調ではないか』

イリスは再び夢の中に現れたウサギにギョッとした。

『び、びっくりさせないでください……』

『すまない。一つ言い忘れていたことがあってな。君が眠るのを待ち構えていたのだ』

ウサギは、ヒクヒク動く鼻先をイリスに向けると、長い耳をあちこちに動かした。

『ふむふむ。なるほど。あの牢獄だな』

『あの、なんの話でしょうか？』

『実はな、君の他にもう一人、救済したい者がいるのだ』

『救済ですか……？』

のしのしとイリスの膝の上に乗ったウサギは、撫でろとでもいうかのように額をイリスの手に押し付ける。イリスが滑らかな柔らかいモフモフを存分に撫でてあげると、ウサギは話の続きを喋り出した。

『本来であれば……ミーナが真っ当なヒロインでさえあったなら、君もその者も、最後には救われたはずなのだ。しかし、現実はどちらも所謂《いわゆる》バッドエンドを迎えてしまった。まったく。あの女の所為で何もかもが台無しだ。お陰で我はこのような姿に身を落とし、物語を改変させなければならなくなった。実にいい迷惑だ』

『はあ……』

ミーナに対する愚痴《ぐち》を言いながら、ウサギはイリスの手に撫でられ心地好さそうに体を伸ばしていく。とうとう完全に横になり四肢を投げ出してダランとしたところで我に返ったのか、本題に入った。

『そういうわけで、その者を救ってやってほしいのだ。聖女の力があれば造作もないこと。我の授けた加護を存分に発揮してくれ給《たま》え』

『それは構いませんが……一体その方はどなたなのです？』

『会えば分かろう。君が囚われていたあの牢獄の最奥に居るはずだ。今の段階で我が言えるのはここまで。これ以上の介入は難しい。それよりも、これからどのように復讐を成すつもりだ？』

『どうしてそんなに楽しそうなのですか？』

耳をピンと立てるウサギに、イリスは苦笑しながら問いかけた。

『ミーナの所為で随分《ずいぶん》と鬱憤《うっぷん》が溜まっておってな。ここまでの状況だけでもそれなりに楽しませてもらったが、まだまだこんなものではないのであろう？』

ふごふごと鼻と口を動かしてウサギ特有の前歯を覗かせながら、ウサギはイリスを期待のこもった目で見上げた。

『勿論《もちろん》です。こういうのは、より高い所から一気に落とすのが効果的ですわ。若《も》しくは……私がされたように、ジワジワと絶望を与え続けるのもいいですわね。どちらにしろ、ただ処刑されるだけといった楽な死に方はさせませんJ』
『ふむふむ。それでこそ私が見込んだ真の聖女だ。楽しみにしておるぞ。しかし、己の役割を忘れるでない。復讐に身を焦がすのは結構だが、君は聖女なのだ。この意味を良く考えるように。ああ……今はここまでか、眠くなってきた』
『ウサギ様？』
イリスの呼びかけに応えることはなく。イリスの手に擦り寄りながら、ウサギは心地好さそうに眠ってしまった。そしてイリスの意識もまた、暗闇へと溶けていった。

イリスが目を覚ますと、すぐさま準備が整えられて皇帝が自らイリスの元を訪れた。

「イリス……」

話に聞いてはいても、実際に目の当たりにしたイリスのルビー眼の煌めきに、皇帝は一瞬だけ怯《ひる》んだ。しかし、すぐに気を取り直し、まるで愛しい我が子に向けるかのような笑顔を見せた。

「改めて詫びさせてくれ。偽者に騙されていたとはいえ、長年エドガーに尽くしてくれたそなたを疑うなど、どうかしていた。全てを公表し、悪女ミーナを処刑する予定だ。だからどうか、聖女としてこれからも我々に力を貸してほしい」

いっそ気持ちがいいほどの掌返《てのひらがえ》しにイリスは内心で軽蔑の情を皇帝へ向けながら、外面は〝聖女〟の微笑を絶やさなかった。

「お気持ちは良く理解できます。陛下を責めるつもりなど、毛頭ございませんわ」

「そうか！　思慮深いそなたであれば、そう言ってくれると信じておったぞ！　では、エドガーとミーナの離縁が成立次第、エドガーとそなたの縁談を進めよう」

喜色満面な皇帝へ、イリスは笑顔のまま突き付けた。

「それはいけません」

「そうだな、では早速！　……な、なに？」

「それはいけませんわ、陛下。エドガー様とミーナは愛し合って婚姻したのですもの。今更引き離すのは、人道に背く行為です。お2人には末長く幸せでいてもらいませんと」

ニコニコと微笑みながら、イリスは歌うようにそう告げた。

「イリス……？　そなたは、エドガーを慕《した》っておったのではなかったか？」

皇帝のこの言葉に、イリスは途轍《とてつ》もない不快感を覚えた。

イリスは幼い頃に婚約者を決められてからというもの、一度たりとも他の異性に想いを寄せたことはなかった。しかし、だからといってエドガーへ恋情を抱いていたわけではない。

ただ決められた婚約者として、未来の伴侶として、心を込めて支えになるよう誠心誠意努力していただけだ。

それを、この皇帝も、そしておそらくエドガーも。イリスがエドガーに恋い慕う想いを募らせていたが故に尽くしていたと思い上がっているのであれば、それはイリスにとって屈辱以外の何物でもなかった。

唯一、イリスの思いを理解し味方してくれた皇后は、イリスの目の前で血を吐き殺されてしまった。

イリスは改めて、自分の大切な人たちが次々と奪われていった憎しみを己の脳裏に刻みながらも、表情だけは微笑んだまま動かさなかった。

「重要なのは、お2人が既に婚姻を済ませたということですわ。私は聖女として、想い合う2人の間に入るような蛮行は致しません。どうか、お2人の離縁は中止してくださいませ」

「し、しかし……、それではミーナは皇太子妃のままだ。既にミーナが偽者であったことは帝国中に公表している。早くエドガーとの関係を断たなければ、皇室の威信が保てぬうえに処刑などもできぬ」

「ミーナの処刑はお取りやめください。ミーナは陛下を欺き、皇后陛下を殺しましたが、ミーナがこれまで聖女として行ってきた善行により、帝国が救われてきたのは確かです。その功績をもって、どうかミーナの刑を軽くしてくださいませ」

　イリスの思いもよらない嘆願に、皇帝は目を丸くした。

「そなた、本当にそれで良いのか？　ミーナの所為でそなたは地獄のような苦しみを味わったはずではないか。何を考えているのだ？」

「私はただ、神が加護を与えてくださった己の役割を果たしたいのです。聖女として、己の欲や憎しみは捨て、帝国のためにより善い行いをしたいだけですわ」

　微笑を浮かべ続けるイリスにどこか畏怖の念を抱きながらも、皇帝は食い下がった。

「そなたの心掛けは素晴らしい。だがな、イリス。このままでは、皇室は罪を犯した悪女を皇太子の正妃としたままになるのだ。やはりあの２人には離縁してもらわなければ……」

「でしたらせめて、エドガー様のお心が決まるまでお待ちください。お優しいあのお方のこと、一度は愛したミーナをすぐに切り捨てられるわけがございませんわ」

　イリスの言葉に、腑抜けた息子の姿を思い出した皇帝は唸った。何もかもをお見通しのイリスは、ダメ押しのように続けた。

「エドガー様にも立ち直る時間が必要ですわ。時間はいくらでもありますもの。つい昨日婚姻式を挙げたばかりのお２人のお気持ちも汲《く》んであげてくださいませ」

「……そなたは本当に繊細な心を持っておるのだな。確かにエドガーには酷か。そなたの言う通り、暫しの間はミーナの離縁と処刑を延期しよう」

皇帝の言葉に感謝を述べながら、イリスは自分の思い通りにことが進んだことにほくそ笑んだ。そしてもう一つ。やるべきことが残っているのを思い出す。

「ところで、帝国内で聖女が立ち入りを許されない場所はない、というのは本当でしょうか？」

「ああ。聖女は帝国中を回る義務があるからな。なんだ、何処か行きたい所があるのか？」

「はい。牢獄に」

「牢獄だと!? そなた、今朝方そこから出てきたばかりではないか！　何をしに行くというのだ!?」

驚く皇帝に、イリスは笑みを絶やさず慈愛のこもった目を向けた。

「ミーナはきっと、ひもじい思いをしているはずです。あそこに長く閉じ込められていた私には良く分かります。少しでも慰めたいのです」

イリスのそのあまりの清らかさに、皇帝は唖然《あぜん》とした。

「なんと。なんと慈悲深いのだ。そなたこそ、真の聖女であるな……」

感嘆の言葉を溢《こぼ》した皇帝へ、イリスはただただ微笑むのみだった。

◆◇◆◇◆

「久しぶりね」

宮殿の地下の地下、陽の光が一切届かないその場所に舞い戻ってきたイリスは、地べたに座り込むミーナへ声をかけた。

「アンタ……‼　これで満足⁉」

イリスの姿を見た途端、ミーナは檻越しに怒鳴った。そんなミーナを気にも留めず、イリスは格子の前に籠を置く。

「陛下にあなたの減刑を嘆願したわ。この中では食事も碌《ろく》に与えてもらえないでしょう？　だからパンも持って来たの。ほら、好きなだけ食べて」

「いらないわよっ！　なんなのよアンタ、私を馬鹿にしに来たのね⁉」

血走った目でイリスを睨み付けるミーナは、美しさの欠片《かけら》もなかった。

「私はただ、その牢獄の中にいる苦しみを知っているからあなたを助けたいと思っただけよ。……また来るわ」

イリスが寂しげな顔を見せると、ミーナは一瞬だけ動きを止めた。しかし、すぐにまた声を荒げる。

「な、何よ……そんな、清いフリなんかしちゃって！　私は騙されないわっ！」

ミーナの絶叫は、イリスの鉄壁の微笑みに何一つ響くことはなかった。

「さてと。ウサギ様の言っていたお方はどこにいるのかしら」

ミーナの牢獄から離れ、イリスは夢の中でウサギと交わした約束を果たすため、入り組んだ地下の薄暗がりを見た。すると、床に何かが光っているのを見付けた。

目を凝らせばそれはまるで、ウサギの足跡のような不思議な模様だった。

イリスが進めば消えていき、イリスの行く先を照らすかのように新たに灯《とも》る淡い光。ウサギの導きだと気付いたイリスは、その足跡を辿《たど》って進んだ。

そして牢獄の奥の奥、迷路のように入り組んだ通路を進むと、より頑丈な格子が見えてきた。太い鉄でできた格子の間隔も狭い檻《おり》の中で何かが蠢《うごめ》く。

目を凝らしたイリスがランタンを翳せば、そこに居たのは一人の青年だった。

均整の取れたスラリとした体に、星のように輝きを揺らす銀髪。

イリスの気配に気付いたのか、青年が顔を上げ視線をイリスに向ける。目が合った瞬間、イリスは不思議な感覚に陥った。

まるで、ずっと探していた自分の欠けた部分に、やっと出逢えたかのような。

「君は誰？」

警戒しているわけでもない、真っ直ぐな声がイリスの耳に届く。どこかで聞いたことがあるような、美しい声だった。

「私は、イリス・タランチュランです」

イリスが自己紹介をすると、ルビー眼を見た青年が手を叩いた。

「あぁ。看守が噂してるのを聞いたよ。一夜にして悪女から聖女になり己の冤罪《えんざい》を晴らしたと。お陰で処刑されずに済んだようだね。よかった。でも、どうしてここに？」

にこりと笑う青年の表情は優しげで、牢獄の中の汚れた環境にあっても美しいその顔には気品が漂っていた。

何よりも青年の緑色の瞳が、エメラルドのように煌めいて綺麗だった。

「あなたを救いに来た、と言ったら、信じてくれますか？」

「……それは、なかなか興味深い話だ」

牢獄の中で立ち上がった青年が、檻越しにイリスへと近寄る。

「奇遇にも僕がこの国に来たのは、聖女に話があったからなんだ。ミーナは失脚し、君が真の聖女だと聞いたのだけれど、間違いないかい？」

「左様でございますわ。間違いありません。私は神のご意志により真の聖女となりました」

「これは僕にとってもかなり喜ばしい状況だ。ミーナは僕の話に聞く耳を持たなかったからね。話の分かりそうな君が聖女になってくれてホッとしたよ」

「ミーナに会ったことが？」

「ああ。その所為でこんな牢獄に入れられる羽目になった。あの女はなかなか狡猾《こうかつ》だね。そろそろこんな場所から出たいと思っていたところだったんだ。僕を救いに来たということは、ここから出してくれるんだろう？」

青年はイリスへ柔らかな笑みを向けた。

「そのつもりです。ただ、私は神の御意志に従いここに来たまで。あなたのことを知っているわけではありません。あなたは何者なんですか？」

イリスが問えば、眉目秀麗《びもくしゅうれい》なその青年は、温かな眼差《まなざ》しと共に格子の間から黒い手袋に覆われた手を差し出したのだった。

「僕の名前はメフィスト・サタンフォード。サタンフォード大公国の大公子だ。宜しく頼むよ、聖女様」

◆◇◆◇◆

帝国の西部、干ばつにより不毛の地と化したラナーク領に派遣されていた神官ベンジャミンは、人々の様子に胸を痛めていた。

神殿から派遣され、飢えと渇きに苦しむ人々のために奉仕していたベンジャミンだったが、彼にできることは限られていた。

僅《わず》かな配給をし、祈りを捧げ、人々に寄り添い、簡単な怪我《けが》や病を治療する。それだけで救える命など、たかが知れていた。

「水……水を」

幼子に請われても、差し出せる水がない。

「すまない。先ほどので最後だったんだ」

「みず……」

乾いた小さな唇が、何度も水を求めて懇願する。しかし、ベンジャミンには何もできなかった。

ベンジャミンは神官としてそれなりの地位を有してはいるが、現在の神殿は年々神官の聖力が衰え、人一人を救うことさえままならない。

「すまない。次に水が手に入ったら、必ず届けるから……」

「み…ず…」

本来は瑞々《みずみず》しいはずの声を枯らす少年。己の無力さに絶望するベンジャミンは、ふと額に何かが当たり天を仰いだ。

そして目を見開く。

どんなに雨乞いをしようとも一滴の雨さえ降らなかった空から、ポツポツと雨が降り始めていたのだ。

「奇跡だ……」

乾いた大地に降り注ぐ雨は土地を潤《うるお》し、人々の渇きを癒やしてその心に活力と恵みを与えた。

飢えと渇きに苦しむ領民に心を痛めていたベンジャミンは、手を組んで心から神に感謝した。

◆◇◆◇◆

「これは……一体どうなっているのだ……？」

知らせを受けた皇帝は、帝国の地図を前に戸惑いの声を上げた。

「おそらく、イリス様の聖女覚醒と関係があるのでしょう」

そう言った大神官もまた、驚きを隠し切れない表情で地図を見る。そこには各地から急使や伝書鳥によって報告された〝奇跡〟の詳細が書かれていた。

ミーナの力でも雨が降らなかったラナークに雨が降り、領土に蔓延《はびこ》る砂漠に水が湧き、寝たきりの病人が目覚め、枯れた土壌に新たな芽が芽吹いたという。それも全国各地から〝奇跡〟としか言いようのない事例が同時多発的に報告された。

「ミーナ様が聖女として目覚めた時も、多少は〝奇跡〟の報告がございました。ですが、その力は弱く、ここまでの規模ではありませんでした。イリス様の力は、もしかしたら歴代の聖女の中でも類を見ないほどのものかもしれませぬ」

それを聞いた皇帝は、目をギラつかせて大神官を見た。

「やはり、なんとしてもイリスをエドガーと婚姻させるぞ。イリスを一刻も早く皇室の手の内に入れるのだ。ここまで力を持つ聖女を取り逃すなど愚の骨頂。エドガーは何をしている？」

「先ほど、気を失われたきりでございます」

侍従長の答えに皇帝は頭を抱えた。

「なんと情けない……私が行くまでに叩き起こすのだ！」

「御意《ぎょい》っ」

走り出した侍従長のあとを追いながら、皇帝はほくそ笑んだ。イリスの力が手に入り、完全に利用できれば、皇室に受け継がれてきた野望を叶えるのも夢ではない。

「サタンフォード……一度は手放してしまったあの楽園を、必ずや私の代でこの帝国に取り戻してみせようぞ」

◆◇◆◇◆

ベッドに寝かされていたエドガーは、揺り起こされて目を開けるなり父から罵倒《ばとう》された。

「いつまで寝ているのだ、この愚か者め！」

「父上……どうか、全ては夢だったと言ってください」

本気でそう願っている息子の言葉を、皇帝は切り捨てた。

「夢なわけがなかろう。これは現実だ。お前の妻となったミーナが偽者と判明し、お前が捨てたイリスが本物だった。更にはお前の母である皇后を殺したのはミーナで、イリスは無実。いい加減に現実を見ろ」

エドガーは、情けなく咽《むせ》び泣いた。

「ふ、ううっ、グスッ……どうして……っ、何故こんなことに」

「お前の見る目がなかったのだ。考えてみれば、皇后は正しかった。最後までミーリが妃になるのを反対していた。お前はくだらない恋愛ごっこにかまけて周りが見えなくなっていたのだろう。母の言葉すら聞かず悪女を愛した結果がこのザマだ」

散々息子の心を抉《えぐ》るようなことを言った皇帝は、急に声音を変えた。

「イリスがな、お前とミーナの離縁及びミーナの処刑について猶予《ゆうよ》を設けるよう嘆願してきた」

「イリスが……？」

泣いていたエドガーが驚いて聞き返すと、皇帝は力強く頷いた。

「そうだ。イリスは本当にお前のことを良く分かっている。優しいお前が気に病んでいるだろうからと。あんな目に遭《あ》わされてもお前のことを気にかけるなど、健気《けなげ》ではないか」

「……」

「エドガー、今一度考えてみよ。ミーナは本当にお前を愛していたのか？　ただ権力に目が眩《くら》み、欲を出して近付いただけではなかったか？　お前を愛していたのなら、お前の母をあんなふうに無惨に殺そうなどと思うか？」

「それは……」

「このままではお前は母を殺した相手と婚姻を結んだままなのだぞ。急ぎ離縁をし、真実お前を愛する者を迎えた方が良いのではないか？」

エドガーの心に去来したのは、幼い頃のイリスの姿だった。

思えば出会った頃から気品があり、優雅で美しかったイリスのことを、エドガーは確かに好きだった。

しかし、成長するにつれ才覚を現し、自分よりも聡《さと》く成績も優秀なイリスへ、エドガーはいつの間にか劣等感を抱くようになっていった。

そんな時に出会った、明るく快活なミーナ。愛らしい彼女はエドガーの愚痴を聞き、慰め、時には一緒になって怒ってくれた。イリスとは絶対にしないようなそういった体験が楽しく、エドガーはイリスよりもミーナの隣にいることが増えた。

ミーナへの想いが募るのとは逆に、エドガーはどんどんイリスが疎《うと》ましくなっていった。しかし、そんなエドガーにもイリスは変わらず尽くしてくれていた。

もしかしたら、自分が間違っていたのかもしれない。先にイリスを蔑ろにしたのは自分だった。ミーナへの気持ちでいっぱいで気付かなかったが、自分はイリスに酷《ひど》いことをしてしまったのではないか。

「父上、私は……どうすればいいのでしょうか？」

「うむ。なるべく早く、心を決めよ。悪女と縁を切り、本当に愛すべき者を見極めるのだ」

しかし、イリスのことを思い出そうとするエドガーの脳裏には、どうしてもまだミーナの笑顔が焼き付いている。

「……私には、もう暫く時間が必要なようです」

エドガーのその言葉に、皇帝は舌打ちをした。

「良く考えるのだ。そうだ、例えば想像してみよ。もし、イリスが別の男のものになれば、お前はどう思う？」

「イリスが……？　それはあり得ません。だってイリスは私のことが好きなのですから。あのイリスが他の男に靡《なび》くわけがないでしょう？」

皇帝は、自分の息子が思っていたよりも愚鈍だったことに今初めて気付いた。

これまでそれなりの公務をやらせてきたはずだが、ここのところ公務が滞っていたのはミーナに骨抜きになっているためかと大目に見ていた。しかし、思えばそれまではイリスがエドガーの代わりをしていたのかもしれない。

これだから偽聖女などに騙されるのだ、と心の中で毒づきながらも、それを敢えて指摘している時間はなかった。

皇帝は、これでますますイリスを手放すわけにはいかなくなったのだ。

「そんなのは分からんぞ。イリスは美人だ。今この瞬間にも、他の男がイリスに手を伸ばしているかもしれん。イリスがその手を取ったら？　お前より強く、賢く、見目も良い男がイリスの隣に並んだら？　お前はそれでも平気なのか？」

涙を拭って鼻をかんだエドガーは、父の言葉を良く考えてみた。

エドガーにとって、イリスは昔から自分に所属する所有物の一つだった。面倒なことや難しいことを代わりにやってくれて、隣に置くにはちょうどいい美人で、連れて歩くには打ってつけの淑女。

イリスが他の誰かのものになることなど、考えたこともない。想像しただけでなんだかすごく嫌だ。

エドガーは、胸にモヤッとした不快感が募るのを感じた。それをそのまま父である皇帝に伝えれば、漸く話が進められそうだと皇帝が身を乗り出した。

「お前はイリスを誰にも奪われたくないのだ。何故ならお前が本当に愛しているのはイリスだからだ」

「私が、イリスを……？」

「奪われたくなければ、早々に捕まえておけ。横から掻《か》っ攫《さら》われてから後悔しても遅いのだぞ」

ここまで言ってもなかなか踏ん切りのつかない息子に苛立ちながらも辛抱強く待った皇帝は、熟慮ののち顔を上げた息子の目を見てホッとした。

「父上のお陰で漸く気付きました。私はイリスも愛しています。誰にも渡しません。イリスはどこです？　早速捕まえておかないと」

「そうだな。それがいい。大神官、今すぐここにイリスを呼ぶのだ！」

◆◇◆◇◆

「僕の名前はメフィスト・サタンフォード。サタンフォード大公国の大公子だ。宜しく頼むよ、聖女様」

イリスは思わず息を呑んだ。帝国の隣、かつて帝国の一部だったサタンフォード領が独立する形で建国された、サタンフォード大公国。

さまざまな作物が実る豊かな土壌と豊富な資源の産出国であり、〝地上の楽園〟と謳《うた》われるその国の大公子が、何故こんな牢獄の奥に居るのか。

「一体何があったのですか？」

「話せば長いんだが、一先ずここから出てもいいかい？」

グッと伸びをした大公子メフィストを見て、イリスは慌てた。

「勿論です！　あなたをここから出すよう、すぐ皇帝陛下に要請してきます」

イリスが急いで背を向けようとしたところで、メフィストの穏やかな声に引き留められた。

「その必要はないよ。この程度の鉄格子ならいつでも壊せるから」

「え……？」

メフィストの言葉の意味が分からず振り向いたイリスは、驚きに目を瞠った。

メフィストが触れたところから、頑丈な鉄格子がじわじわと溶け出し、檻には人が通れるほどの隙間ができたのだ。そこからゆっくりと出てきたメフィストは、イリスに近寄ろうとして足を止めた。

「レディの前に出る格好じゃないね。ちょっと待っていて」

ヨレてクタクタになったシャツと汚れた体を見下ろしたメフィストは、手先から魔力を放出して自身を清めた。

水と風の爽《さわ》やかな魔法が暗い牢獄を通り過ぎ、薄汚れた牢獄の中にいた青年は、一瞬にして美貌の貴公子になった。

「あなたは魔法使いなのですか？」

イリスの驚きように、メフィストは首を傾げる。

「ん？　ああ、帝国の魔力は百年前に枯れたんだったね。サタンフォードでは魔力持ちは珍しくないよ。まあ……僕はちょっと例外だけど。そんなことより、場所を移そう」

メフィストは自然な動作でイリスからランタンを受け取ると、薄暗がりでも危なくないようイリスの体を支えながら牢獄の通路を進んだ。

「いつでも出られたのに、どうして捕まっていたんですか？」

イリスが問えば、メフィストはなんでもないことのように答えた。

「名分《めいぶん》がなかったからさ。僕はこう見えても外交のためにこの国に来たんだ。それを勝手に脱獄したとあれば、外交上不利になるだろう？　聖女である君が許してくれた。この国でそれ以上の名分はない。この国の聖女崇拝ときたら異常だからね。……なるほど、そうか。魔力がないからこの帝国の人間は余計に聖女を崇めるのか。ミーナのような女が持て囃《はや》されていた理由が分かったよ」

角を曲がろうとしたところで、体力のないイリスがよろける。それをメフィストが危なげなく支えた。

「ごめんなさい」

「いや、僕こそ歩くのが早かった。……随分と衰弱しているね。無理もないか、ずっと囚われていたのだから」

「良くご存じですね」

「人より少しだけ耳が良くてね」

形の良い耳を指したメフィストは、一拍置いてから告げた。

「……実はあの日、ミーナが牢獄の前で君に言った言葉も聞こえていた。あの女の残虐さには反吐が出る」

「！　あれを、聞いていたんですか？」

「ああ。……つらかったろう？　不可抗力だったが、君の啜《すす》り泣く声も聞こえていた。その声があまりにも切なくて、何度か本気で檻を破って君の元へ行こうと思ったよ。いっそのこと、2人で逃げようかってね」

「そんなことを考えていたんですか⁉」

イリスが驚愕すると、メフィストは苦笑した。

「僕にも僕の事情があったから、ギリギリまで様子を見ていたが。あのまま夜が明け、君が処刑台に連れて行かれそうになっていたら、僕はあの檻から飛び出していただろうな」

イリスは、信じられない思いでメフィストを見た。

つい先ほど知り合ったばかりの、隣国の大公子が。イリスの知らないところでイリスを心配し、一緒に逃亡することまで考えてくれていたなんて。

イリスの味方になってくれる人がいるなど、牢獄の中で絶望していた時は思いもしなかった。

どこまでも孤独だったあの時の自分に教えてあげたい。

そこまで考えてイリスはハッとした。

「もしかして……歌を歌っていたのは、あなたなの？」

イリスの耳に妙に馴染《なじ》むメフィストの声。イリスが牢獄の中で正気を保てたのは、夢か現実かも分からなかったあの歌声があったから。

あの時聞いた歌声は、彼の声に良く似ていた。

「微量だけど声にも魔力を乗せることはできるからね。癒しの魔法を乗せたんだが、ちゃんと君に届いていたのならよかった」

柔らかく笑うメフィストの美麗な顔を、イリスは改めてまじまじと見た。絶望の中にいたイリスが、あの歌声にどれだけ救われたか。言葉に言い表せないものがあった。

そんなイリスを、メフィストは軽々と横抱きに抱き上げる。

「きゃっ」

「掴まって」

イリスが人の体温を感じたのは随分と久しぶりだった。先ほどまで牢獄に囚われていたとは思えないほど力強いメフィストに身を任せ、イリスは再び暗い地下の牢獄から抜け出した。

地上に出ると、暮れた空には月が出ていた。

未明からこの暮夜まで、今日という一日が途方もなく長かったと実感したイリスは月を見上げて息を吐く。

「やっぱり空はいいね」

イリスが思ったのと同じことを呟《つぶや》いたメフィスト。

「急かして悪かった。せっかくあの牢獄から出た君を、これ以上あの場所に居させたくなかったんだ」

「私のためだったの……？」

瞠目《どうもく》するイリスを降ろしたメフィストは、月明かりに照らされて柔らかく微笑む。

「ずっと、君とこうして空の下で会えたらと思っていた。改めて挨拶《あいさつ》を」

差し出された黒手袋の手にイリスが手を乗せると、メフィストは洗練された仕草でイリスの手を引き寄せ甲に唇を寄せた。丁重な挨拶とは裏腹に、目が合った彼はエメラルド色の瞳を優しく細める。

（不思議な人……）

初めて会ったばかりなのに、イリスはメフィストへの警戒心が少しもないことに気付いた。それどころか、こうして隣にいるだけで妙な安心感がある。

イリスは、これから独りで復讐のために戦わなければならないのだと気負っていた自分に、肩を並べて味方してくれる人などいないと思っていた。だが、目の前の彼であれば、もしかしたら……という淡い期待が知らず顔を出す。

（ダメよ。もう誰も信用しないと誓ったじゃない）

自ら芽生えた期待を打ち消し、気を取り直そうとしたイリスに向けて、メフィストが口を開く。

「それで、どこから話そうか。まずは僕の目的から言おう。僕は、というより我が国サタンフォードは、帝国への帰属を望んでいるんだ」

「なんですって……？」

思ってもみなかったメフィストの言葉に、イリスが目を瞠る。

「この件については長くなるから追々《おいおい》話すよ。とにかく僕はその一歩として聖女に会うためこの国に来た。しかし、サタンフォードを毛嫌いする皇帝に何かと理由を付けられて門前払いされ、仕方なく皇帝の目を盗むために単独で聖女に直談判をしに行ったんだ」

「陛下が、あなたを門前払いしたですって？」

「知らなかったか？　皇帝のサタンフォード嫌いは我が国では有名なんだが」

「確かに……サタンフォードとの外交関係が悪化しているというのは聞いたことがあったけれど、大公子殿下を追い返すほどだなんて」

絶句するイリスに、メフィストは更に衝撃の事実を告げた。

「追い返されるくらいなら、まだいい方さ。もっと酷いのは聖女ミーナだ」

そう言ったメフィストの瞳には、呆《あき》れの色が見えていた。

「やっとの思いで会えた聖女ミーナは、運が悪いことに利己的な女だった。僕の話を聞くなり彼女は悲鳴を上げて兵を呼び、僕は聖女を狙った不届き者として牢獄に入れられた。身分を明かす暇も証明する手立てもなくね。強行突破もできたが、この国の情勢を探るため傍観していたところだったんだ」

メフィストの話を聞いて驚き、皇帝と元聖女の所業に頭を抱えつつ。状況を整理したイリスはメフィストに問いかける。

「あなたは一体、聖女に何を望んでいるの？」

「話が早くて助かる。そんなに難しいことじゃないよ。ただ、僕と同盟を結んでほしいだけだ。帝国への帰属を望んでいるとは言っても、僕たちは無闇に領土を明け渡したいわけじゃない。自国民の平穏と無事を前提に交渉がしたい。しかし、交渉を間違えば帝国に搾取《さくしゅ》される未来は目に見えているからね。それを防ぐために、帝国で絶対的な権力を持つ聖女に味方になってもらいたかったんだ」

なんとなく話の流れが見えてきたイリスは、ミーナがメフィストを牢獄に追い遣った理由が分かる気がした。

「ミーナは腹黒くて狡賢《ずるがしこ》い女ですもの。あなたの話を聞いて、自分の利になるどころか害にしかならないと判断したんでしょうね」

詳細を語らなくても理解してくれたイリスに、メフィストは嬉《うれ》しげな視線を向けた。

「その通り。あの女は、サタンフォードが帝国に帰属することで帝国が豊かになるのを懸念したんだ。豊かな国では〝救世主〟である聖女のありがたみが薄れるからね。まったく何が聖女だ。己の利にしか興味のない強欲な女じゃないか」

呆れるメフィストには最大限に同意しつつ、イリスは改めてこの状況を考えた。神であるウサギの導きによって出逢ったメフィスト。豊かなサタンフォードの国土と民。サタンフォードを毛嫌いする皇帝。絶対的な聖女の発言力。

「……見返りは？　聖女である私があなたに協力したら、あなたは私に何をくれるの？」

「君が成そうとしていることを手助けするよ。僕の体は特殊だから、きっと役に立つはずだ」

真剣な表情の彼を見て、イリスは静かに問いかけた。

「私が何をしようとしているか、分かって言っているの？」

「なんとなくね。言ったろう？　僕は人より耳がいいんだ。あの牢獄の中で起きた出来事はだいたい把握している。それに、君の事情もある程度は。おのずと答えは出るよ」

そうしてメフィストは、イリスへと改めて手を差し出した。


「僕に、君の復讐を手伝わせてくれ」

ピンと指先まで揃《そろ》えられた黒革の手袋を見て、イリスは腹を決めた。

もう誰も信じられないと思っていた自分を、こうもあっさり変えさせる彼の手腕に脱帽したのが大きかった。

「私にあなたの望みを叶える協力をさせてちょうだい」

その手を握り返したイリスの言葉によって、月夜の下に聖女と大公子の密約が成立したのだった。

◆◇◆◇◆

これからのことを話そうとイリスが口を開いたところで、メフィストがそれを止めた。

「大神官が君を探しに来たようだ」

メフィストの言葉通り、彼が顔を向けた先から汗だくの大神官が駆けて来た。イリスを見つけるなり、太った体で走り寄ってくる。

「イリス様！　探しましたぞ！　どちらにおいでだったのですか！」

「猊下。私は久しぶりに外の空気に触れたのです。少しの間くらい自由にさせていただけませんか」

「お、お気持ちはお察ししますが……陛下と皇太子殿下がお呼びなのです。急ぎ来てはいただけませんか？　……あの、その者は？」

イリスの隣にいるメフィストを見て、大神官は怪しむような目を向けた。

「ちょうどよかった。私も彼のことで陛下にお話があったのです。お2人はどちらに？」

「皇太子宮においでです。……まさか、その者も連れて行くのですか？」

「ええ。彼は私の大切な人ですもの」

うっとりと微笑んだイリスのその言葉に、大神官が目を剥《む》いたのは言うまでもない。

◆◇◆◇◆

「イリス！　会いたかった」

盛大にイリスを出迎えようとしたエドガーは、イリスの手を取りエスコートするメフィストを見て動きを止めた。

「皇帝陛下、皇太子殿下。お呼びと伺い参りました」

頭を下げたイリスへ、皇帝が胡乱《うろん》な目を向ける。

「そなたに話があったのだが……その者は？」

「ああ、こちらはサタンフォード大公国の大公子殿下ですわ」

サラッととんでもないことを言ったイリスに、皇帝もエドガーも絶句する。そんな2人をものともせず、メフィストは見惚《みと》れるほどの優美な仕草で礼をした。

「お初にお目にかかります。サタンフォード大公国の大公子、メフィスト・サタンフォードと申します。お見知り置きを」

そのあまりに自然な挨拶に、呆気に取られた皇帝が慌てて口を開く。

「な、何故、サタンフォードの大公子が、ここにいるのだ⁉」

「あら。陛下はご存じなかったようですわね。実はメフィスト様は地下の牢獄に囚われていたのです。私と同じように、悪女ミーナの策略により不当に、ですわ。陛下、これは外交問題に発展する不祥事です。神のお導きによりこのことを知った私は、すぐさま地下に出向き、大公子殿下をお連れしたのです」

聖女であるイリスにそう言われてしまえば、皇帝にも反論はできなかった。

「そ、それは非常に遺憾だ。なんてことだ。ミーナの罪状は計り知れぬ。あー、大公子殿下。どうか此度《こたび》の件は偽聖女の独断ということで両国とも穏便に処理をしたいのだが……」

外交問題、不祥事、と聞いて慌てふためきながらも平静を保とうとする皇帝は、なんとかこの事態を収める方法を必死に思案した。その様子に救いの一手を打ったのは、メフィスト本人だった。

「心得ております。ある程度の事情はイリス様より伺いました。私はことを荒立てるつもりはございません。が、暫く大公国に連絡を取れていなかった手前、それらしい理由を考えませんと。その件で陛下とはじっくり話し合う時間が必要かと存じますが、如何でしょうか」

笑顔で告げるメフィストの隙のなさに、皇帝は内心で冷や汗をかいた。腐っても皇帝位を預かる者として、メフィストが手強そうな相手であると察知したのだ。

「……メフィスト殿、そなたとの話は改めて場を設けよう。客間を用意するので今は外してくれないだろうか。私の息子である皇太子が、聖女に話があるのだ」

イリスを呼び出した目的を忘れていなかった皇帝は、エドガーの肩を叩いた。そんなエドガーはまだ動揺から抜け切れておらず、えっ、えっ、と皇帝とメフィストを交互に見る。

「陛下。メフィスト様を救い出したのは私です。ここは責任を持って私がお部屋までご案内しますわ」

「な、何を言うイリス。聖女であるそなたがそのような雑事をする必要はない」

「あら、一国の大公子殿下をご案内するのが雑事なのですか？」

「いや、それはっ、そうではなくてだな」

慌てる皇帝に、メフィストは爽やかな笑みを見せる。

「私は構いませんよ。差し支えなければ聖女様のお話が終わるまでお待ちしております」

「まあ、メフィスト様。牢獄に囚われてお疲れの貴方様をお待たせするなんて、忍びないですわ。皇太子殿下、お話があるというのならこの場でお早く済ませてくださいませ」

イリスに急かされ困り果てたエドガーは、ここは出直した方がいいと考え肩を押した皇帝の合図を勘違いして、話を切り出した。

「ええっと、イリス。実は君に伝えたいことがあってな」

イリスの隣に立つメフィストをチラチラと見上げながら、言いづらそうにエドガーがイリスの前に立つ。皇帝はその横で頭を抱えていた。

「はい、なんでしょう？」

改めてイリスに問われたエドガーは、初めて正面からイリスと目が合った。そして、聖女の証であるルビー眼を見て、本当にイリスが聖女であると改めて実感し、これまでのことを振り返って黙り込んだ。

「殿下？」

「オホン。あー、よくよく考えてみれば、君は昔から私に良く尽くしてくれた」

「………はい」

ぴくり、と。イリスの頬が引き攣《つ》る。

「今まで気付かなかったが、君の献身に私は報いるべきだと思う」

「…………それで？」

イリスの瞳が笑っていないことに、エドガーは気付かない。

「改めて、君を私の妻に迎え入れようと思うのだが、喜んでくれるだろうか」

イリスは、聖女の微笑を浮かべるのも限界だった。

この男は今更何を言っているのか。

能力もなく、優柔不断で臆病で、平気な顔で浮気するような最低男の妻になることを喜ぶ女が一体どこにいるというのか。更には、妻になってくれではなく、妻にしてやるから喜べと？

言いたいことがあり過ぎて口から爆発しそうなイリスは、なんとか気持ちを抑えに抑えて息を吐く。

「……殿下は、まだミーナと婚姻されている状態ですわよね？」

「それなら問題ない。どちらかを側室にすれば済む話だからな」

これには流石《さすが》のイリスも微笑みを失くした。どこまでもイリスのことを馬鹿にしているエドガーは、自分の失言になど気付いていない。

こんな男に尽くし、青春を捧げた自分の人生はなんだったのか。こんな男のために泣きたくはないのに、怒りと悔しさで涙が出そうだった。

そんなイリスに、温かな黒手袋の手が差し伸べられる。

「それは困ります、エドガー皇太子殿下」

イリスの肩を抱いて真っ向からエドガーに告げたメフィストが、挫《くじ》けそうなイリスの心さえも支えてくれた。

「む？　何故貴殿が困るのだ？」

不快そうにメフィストを睨むエドガーへ、メフィストは老若男女問わず見惚れるであろう美麗な笑顔を見せた。

「何故なら私とイリスは恋仲だからです」

「なっ！！？」

「⁉」

絶句するエドガーに、メフィストは諭《さと》すように言葉を続ける。

「いくら皇太子殿下といえど、聖女であるイリスと隣国の大公子である私の仲を引き裂くのは如何なものかと思いますよ」

これにはイリスも驚いたが、自分を支えてくれるメフィストの手を信じて、何も言わずにメフィストに身を委ねることにした。

「それはどういうことだ？」

驚愕して口をぽかんと開けたまま固まる皇太子を見兼ねたのか、それまで黙っていた皇帝がメフィストへ鋭い目を向けた。

「どういう、と言われましても。言葉の通りですが」

「そなたたちは、出逢ったばかりであろうが！」

至極まともな皇帝の指摘にも怯むことなく、メフィストはイリスを引き寄せた。

「人は時に、一目見て恋に落ちることがあるでしょう。私たちもそうだったのです。互いを一目見て気に入り、好意を寄せ合うのは一瞬あれば事足ります。それに我々は神の導きにより出逢ったのです。とてもロマンチックだと思いませんか？」

あまりにも堂々としたメフィストの言葉に、皇帝も僅かにたじろいだ。しかし、どうしてもイリスを手元に欲しい皇帝はそう簡単に諦《あきら》めることはなかった。

「イリス、この男の言葉は本当か？　よもや、この男は聖女であるそなたに対して無礼を働いたわけではなかろうな？」

鋭い目の皇帝に問われたイリスは、堂々とルビー眼を上げた。その瞳には涙も翳りもなかった。

「本当ですわ」

そして、自分の肩に乗せられたメフィストの手に自らの手を重ねた。

「これまで私はただの一度も男性にこのような想いを寄せたことはありませんでした。ですが、メフィスト様を見た瞬間、まるで……ずっと欠けていた何かを見つけたように、しっくりときたのです。私が出逢うべきお方はこの人だったのだと」

イリスがルビー眼を向ければ、メフィストはエメラルド色の瞳を細めてイリスを見返した。

それはまるで、本当の恋人同士のように甘い視線の交差だった。

「初めて恋をしてみて漸く分かりましたわ。殿下が私という婚約者がいながらミーナと浮気した理由が。恋というものは、止めようのないものですのね」

「……っ！」

イリスの言葉に、エドガーがぎくりと跳ねる。

「そういうわけですので、殿下のお申し出は辞退致します。それに、メフィスト様とのことがなくてもお断りしておりました。私、お相手のいる方に横恋慕するような最低な行いはしたくありませんもの」

「イリス！　今一度考えてみよ、そなたはこれまで……」

完全に打ちのめされ放心したエドガーを見放し、自らの前に出てきた皇帝へ、イリスは聖女の微笑を浮かべる。

「失礼ながら陛下、このお話はこれまでにしてくださいませ。私は皇室から一方的に婚約破棄を突き付けられた身。当時の皇太子殿下の所業についてはいろいろと思うことがございましたが、今となっては言及するつもりもありません」

「……くっ」

公然と行われていたエドガーとミーナの浮気を暗に指摘したイリスは、慈悲深く美麗に微笑んでみせた。

「ですのでどうか、当時負わされた私の心の傷を労《いたわ》ってくださる気があるのなら、この件については二度と口出しをしないでください」

イリスの鉄壁の聖女の微笑に、皇帝は押し黙るしかなかった。

「それでは行きましょうか、メフィスト様」

「ああ。イリス、手を」

「はい」

差し出されたメフィストの手に手を重ねて、来た時と同じようにそのエスコートを受けながら退出しようとしたイリスは、見覚えのある風貌を視界の端に捉えて足を止めた。

「あら、侍従長。お久しぶりね」

イリスの言葉にぎくりと固まった侍従長が、禿《は》げ上がった額に汗を滲《にじ》ませた。

「イ、イリス様！　あの時のご無礼をどうかお赦しください！」

その場で土下座した侍従長を見下ろして、イリスは淡々と告げた。

「……正式な裁判の場でなかったとはいえ、嘘の証言をしたあなたはきっと、周囲からの信頼を失ったのでしょうね。私からはこれ以上、何も言うつもりはないわ。陛下が公正な判断をされると信じていますもの」

そして皇帝を見れば、視線を受けた皇帝が咳《せき》払いをした。

「無論、嘘の証言で聖女を貶めた侍従長には相応の罰を与える予定だ。しかし、今の皇宮は皇后を失い、宰相も不在。取り仕切る者がいない今、侍従長までいなくなれば混乱は必至。皇宮内が落ち着くまで、侍従長には暫しの猶予を与えておるのだ」

「……左様でございましたか。流石は陛下です」

柔らかなはずのイリスの微笑みを向けられた皇帝は、気まずげに目を逸らした。釘《くぎ》も刺し、イリスにはもうこの場に用がない。とっとと離れようとメフィストと共に歩き出したところで、後ろから悲痛な呼び声が上がる。

「イリス！」

今更ながらにイリスを呼び止めたのは、エドガーだった。

「イ、イリス、私が悪かった。だからどうか行かないでくれ！」

立ち止まったイリスがエドガーを見る。そこにあったのはかつて心を尽くした元婚約者の、酷く情けない顔だった。

「皇太子殿下、最後に一つだけ宜しいでしょうか」

メフィストの手を握ったまま、イリスは数歩離れていたエドガーに歩み寄り、目の前まで来るとそれまで浮かべていた聖女の微笑みを消した。

呆気に取られたエドガーが口を開くよりも前に、乾いた音が響いてエドガーの視界が揺れる。父に続き元婚約者からお見舞いされた、エドガーにとっては本日二度目の平手打ちだった。

「二度と私の名前を呼ばないで。不愉快よ」

そのまま床に倒れたエドガーは、元婚約者の冷たい声を聞いて彼女の心が少しも自分にないことを初めて知った。

皇太子を平手打ちしたところで、聖女であるイリスを咎《とが》める者はいない。この国の聖女とは、それだけの地位と権力を持っているのだ。

「それでは皆様、ご機嫌よう」

メフィストの腕に掴まり、イリスは何事もなかったかのように皇太子の部屋をあとにしたのだった。

◆◇◆◇◆

イリスが去ると、怒りに震えた皇帝がエドガーに掴みかかった。

「お前は女の一人も満足に落とせんのか!?　よりにもよってサタンフォードの倅《せがれ》に聖女を渡すとはっ!!　どうしてくれる!?　この国を潰《つぶ》す気か！　恥を知れ！」

「うぅ……」

皇帝に怒鳴られるよりも、エドガーはイリスが自分を捨てたことの方がショックだった。打たれた頬も痛いが、それ以上に心が張り裂けそうだった。

ミーナが母を殺したと知った時でさえ、こんな気持ちにはならなかった。

ずっと自分のものだと思っていたイリスが、別の男の手を取り、甘く見つめ合っていた光景が頭から離れない。

しかもその男は、悔しいくらいに美しく、堂々としていて、優雅で、それが余計にエドガーを惨《みじ》めにさせた。

何をどこでどう間違ったのか。今更遅過ぎる後悔が押し寄せてきて、エドガーの視界が滲む。

「なんとしてもイリスの心を取り戻せ！　それができぬのなら、無理矢理にでも奪うのだ！　聞いておるのか、エドガー‼」

父に胸ぐらを掴まれながら、エドガーは鼻水を垂らしてぐずぐずと泣き出したのだった。

第三章　隣国の事情

皇太子宮を出て、宮殿内に用意された客間に着くまで、メフィストは何も言わなかった。

「……何も聞かないの？」

結局、用意された部屋に着いたところで先に口を開いたのはイリスだった。

「聞く必要がないからね。ただ、一つだけ言ってもいいだろうか」

「なに？」

メフィストは、繋いだままのイリスの手を引き寄せて向かい合う。

「例え君が聖女じゃなかったとしても、あの男に君は勿体《もったい》なさ過ぎる。それくらい君は素敵な女性だ」

「……ありがとう。その言葉だけじゃなくて、さっき助けてくれたことも。ずっと手を握っていてくれたことも。それから……あの気の遠くなるような牢獄の暗闇の中で、私のために歌ってくれたことも。あなたがいなかったら、私は今ここに立っていられなかったかもしれないわ」

イリスが心からの感謝を伝えると、メフィストは苦笑を浮かべた。

「どれもこれも、僕が勝手にやったことじゃないか」

「そうだけど、そうじゃないでしょう？　私は実際に救われたもの」

「礼を言われるほどのことじゃないよ」

「それじゃあ、明日はあなたの話を聞かせて。私ばっかり助けられてはいられないわ。これは取引ですもの。私もあなたの役に立たなくちゃ」

「ふ……。ああ、そうしよう」

「もう、私は真剣なのよ？　どうして笑うのよ」

「笑ってない」

「笑ったわ」

イリスは、こんなふうに気兼ねなく誰かと話すのは久しぶりだった。最後にこうして人と笑い合って話したのはいつだっただろう。

牢獄に入れられる前……家族が処刑される前……父が反逆を企てる前……ミーナが聖女になる前……皇太子妃になるため必死に勉強していた頃……遡《さかのぼ》っても遡っても、笑顔の自分はどこにもいない気がした。

「それじゃあ、おやすみ。イリス、いい夢を」

「おやすみなさい。メフィスト、あなたも」

イリスは、生まれて初めて明日が待ち遠しいと思った。

◆◇◆◇◆

翌朝、改めてメフィストの元を訪れたイリスは、今後のことを話し合うため地図と紙とペンを持参した。

その姿を見たメフィストが、彼女の生真面目《きまじめ》さを垣間見た気がして密かに笑う。

「それじゃあまずは、あなたの国の事情を聞かせてくれるかしら。何がどうなったら豊かな国土を他国に渡そうだなんて話になるの？」

テーブルの上に持って来たものを広げたイリスが振り返ると、メフィストは慌てて笑いを引っ込めて取り繕った真面目な顔でイリスを見た。

「長い話になるよ。それこそ、我が国サタンフォードの建国まで遡る話だ」

「あら、面白そうじゃない。歴史は大好きよ」

悪戯《いたずら》っぽく口角を上げたイリスに、メフィストは一瞬だけ面食らい、すぐにその整った相好《そうごう》を崩した。

「じゃあまず、サタンフォードが帝国から独立した頃、帝国で起こった出来事を挙げてみてくれ」

歴史の授業のようなメフィストの物言いに、イリスは大好きだったアカデミーでの勉強を思い出した。

「サタンフォードの独立と言えば、今から百年ほど前よね。その頃にあったこと。帝国の魔力が枯渇《こかつ》したのはその頃だわ。あとは確か西部の大規模な干ばつが起こり始めたのもその頃だったかしら。あと……あ！　聖女、最初の聖女が現れたのも同じ時期だったわ」

「流石は歴史好きなだけあるね。じゃあ、それらの出来事が、全て同じ時期に起こったのは偶然だと思うか？」

イリスと同じくらい楽しげなメフィストは、問題を解くかのような彼女の生き生きとした姿を見て目を細めた。

「……考えたこともなかったけど。でもそうね、聖女のような救世主が出現するのは、何か国に危機が迫った時じゃないかしら。そう考えると、災害や国力の低下が聖女の出現に結び付いたと言えるかもしれないわ」

「なかなかいい線をいってるよ。ああ、楽しいな。こんなふうに議論できる人はあまりいないから。やっぱり君は素敵な女性だよ」

「煽《おだ》てないで。いい線をいってる、ということは。正解が他にあるんでしょう？」

イリスが唇を尖《とが》らせると、メフィストは微笑んでイリスの手元の地図を指した。

「君の言う通り、百年前帝国が危機に陥り、神が聖女を遣《つか》わしたのはまず間違いない。ただ、そもそも帝国が揺らいだのには明確な原因があったんだ。それこそが、サタンフォードの独立だったのさ」

イリスの持って来た地図は古く、その地図上のサタンフォードは、『帝国領サタンフォード』の文字に二重線が引かれて『サタンフォード大公国』と書き直されていた。

「それはつまり……サタンフォードの独立が、帝国の衰退を招いたということ？」

「そう。独立以前、サタンフォード領を治めていたのは誰だった？」

「今と変わらないわ。サタンフォード大公よ。確か、当時は帝国皇室の血筋から適任者が選ばれていたんじゃなかったかしら。適任者がいない場合は皇帝の直轄地だったはず」

「うん。では、サタンフォード大公の適任者とは、どういった者だったと思う？」

メフィストの問いに、イリスはペンを口元に寄せて自分の知っている歴史と照らし合わせて考え込んだ。

「そうね……まず、大前提として皇室の血筋であること。それから……武に優れていることかしら？　歴代のサタンフォード大公は軍事権を皇帝から与えられていたと聞いたことがあるわ。あと、関係あるかは分からないけれど……短命の方が多かったんじゃないかしら。在位期間が短くて、子孫を残された方は殆《ほとん》どいないでしょう？　それこそ、血筋を残されたのは百年前に大公国を建国した初代大公殿下、あなたの直系のご先祖様ぐらいじゃない？」

「君は本当に素晴らしいな。概《おおむ》ね正解だ。だが、ここで帝国皇室とサタンフォード大公家以外には知られていない秘密がある」

「秘密？」

首を傾げるイリスへ、メフィストはサタンフォードの知られざる秘密をなんの躊躇《ためら》いもなく打ち明けた。

「帝国から独立する前の〝サタンフォード大公〟とは、帝国皇室の血族の中で数世代に一人生まれる、〝呪われし者〟へ与えられた称号だったんだ」

「呪われし、者……？」

物騒な響きにイリスが眉を寄せる。

「皇室の〝呪われし者〟は、莫大な魔力と強靭《きょうじん》な肉体を持ち、いつの時代もその力で帝国に恩恵をもたらした。しかしその分短命で、生まれながらにある身体的特徴を持っていた」

「その特徴って？」

「見せた方が早いな」

そう言ってメフィストは、ずっと嵌《は》めていた黒革の手袋をイリスの目の前で外した。

「っ!?　それは何……？」

口元を押さえたイリスが、ルビー眼を見開いてメフィストの手を見る。

「百年前は『呪詛紋《じゅそ》』と呼ばれていたらしい」

メフィストの手には、びっしりと刺青《いれずみ》のように黒く奇妙な紋様《もんよう》が浮かび上がっていた。

「呪詛ですって？　じゃあ、まさか……あなたもその〝呪われし者〟なの？　……あなたは大丈夫なの？」

イリスが心配そうな顔を向けると、メフィストは可笑《おか》しそうに笑った。

「これを見て、そんなふうに心配してくれたのは君が初めてだよ」

「だって……」

「特に問題はない。これは呪いの残滓《ざんし》だ。本来の呪詛紋は全身に広がるらしいが、僕に発現した呪詛紋はこの両手の分だけ。たぶん、これ以上広がることはないし、大幅に命を削られるようなこともない。それもサタンフォードが独立したことに関係があってね。これが結構便利なんだ」

そう言ってメフィストは、翳した手の上に火を灯し、水を出し、風を起こした。それを見て、イリスが感嘆しつつも首を傾げる。

「やっぱり変よ。牢獄で見た時も思ったけれど、魔力のないこの国でこんなに自在に魔法を使えるわけがないわ」

「だから言ったろう？　僕の体は特殊だと。それはこの呪詛紋があることで、僕の両手にサタンフォードの魔力が溢れているからなんだ」

それを聞いて、イリスはふと気が付いてメフィストの素手に触れた。

「ねぇ、ちょっと見せて……！」

「!?」

その行動に驚いたメフィストが固まる。

「これってまさか……古代語？」

「すごいな。それも分かるのか」

メフィストは感心しつつも苦笑した。

「僕の手に素手で触れて、まじまじと呪詛紋を見たのは君が初めてだよ」

「勿論、何が書いてあるかまでは分からないわ。でも、この部分とか。神殿で見た文字によく似てる気がしたの」

注意深くメフィストの手の紋様を観察するイリス。

「ああ。これは古代魔術の一種だ。土地の力を吸い上げ放出する類のものだと思う。おそらく帝国を建国した皇室の始祖が帝国の安寧《あんねい》のため血族に施した術だ。古代魔術は時が経てば経つほど制約が強く重くなる。ちょうど百年前がそのピークで、当時は血の呪いだとか、罪の代償だとか言われて皇室の中で毛嫌いされていたらしい。それはもう、紛《まご》うことなき呪いだ」

イリスはメフィストの言葉を聞いて、歴代のサタンフォード大公の活躍と短い生涯に思いを馳《は》せた。

「これはサタンフォードが独立したあとに分かったことだけど、かつてサタンフォードが帝国の一部だった頃、〝サタンフォード大公〟である〝呪われし者〟とは、単に強大な力を持っていただけじゃなくて、サタンフォードの土地に眠る力を吸い上げ帝国中に行き渡らせる〝媒体〟の役目を果たす者だったんだ」

「つまり……あなたのようにサタンフォードの魔力を吸い上げて、それを帝国中に放出していたってこと？」

考え込みながらメフィストの手を見たイリスがそう言うと、メフィストは満足げに頷いた。

「そうだ。ただし、僕の場合とは桁《けた》が違う。僕は両手を媒体に魔力を扱う程度だけど、当時は全身を媒体にして際限なく魔力と地力を帝国へ送り続けていた。それこそ、サタンフォードが枯れるほどに膨大な量をね。実はサタンフォードは今でこそ豊かな国として知られているが、その昔……まだ帝国の領土だった頃は、不毛の地と呼ばれていたんだ」

「まあ！　やっぱりそうだったの？　マルクス・カッシーナの詩集を読んだ時に『鳥も飛ばぬ不毛のサタンフォード』っていう一節があって、とても驚いたのよ」

興奮するイリスを可愛いなと思いながら、メフィストは頷いた。

「ああ、『アルパール山脈の竜の巣』で始まる詩集か。病弱だったカッシーナがドラゴンの力で病を克服し、世界を旅した放浪記。あの詩集はいいよね。確かにあれが書かれたのは百年以上前だ」

「あなたも読んだの？　じゃあ、『ディアベルの羽ばたき』は？」

「勿論知ってるよ。『運命と王妃を現世に運ぶ』だろう？　僕もあの章が好きだ。初版本を持っているよ」

「まあ！　本当に？　羨ましいわ。私の持っていた初版本はタランチュランの邸と一緒に燃えてしまったから……」

思いがけず趣味が合ったメフィストに目を輝かせていたイリスは、自分の所為で話が脱線してしまったことに気付いて申し訳なさそうに俯《うつむ》いた。

「……ごめんなさい、話を続けてくれるかしら」

「ふははっ。ああ、カッシーナの話はまた今度ゆっくりしよう。初版本はいくらでも貸してあげるよ」

イリスの様子を見て吹き出したメフィストは、気を取り直して地図上のサタンフォードを指した。

「当時のサタンフォードが不毛の地だったのは、その全ての恵み……魔力と地力だけじゃなく、地下の地脈や鉱脈から天上の雨までを帝国に捧げていたからだ。そしてそれと反対に、当時の帝国が豊かで魔力に溢れていたのは、サタンフォードの恵みを全て横取りしていたからさ」

サタンフォードに置かれたメフィストの指が、スッと隣の帝国へ移る。

「言うなればサタンフォードという土地は、帝国を豊かにするためだけに存在した、魔力と地力に満ち溢れた土地だった」

「その土地を、枯れるまで搾取していたのが帝国なのね。……まるで生贄《いけにえ》ね」

イリスの目には、二重線で消された『帝国領サタンフォード』の文字が妙に生々しく映った。

「そしてその繋ぎの役目を果たしたのが歴代の〝サタンフォード大公〟、皇室の〝呪われし者〟だった。百年前はこの本来の意義が忘れられ、莫大な魔力と強靭な肉体を持つ圧倒的な強者として しか認識されていなかったが、〝呪われし者〟の強大な魔力も肉体も、サタンフォードの土地の力を取り込んでいたが故のただの副産物に過ぎない」

ここまでの話を聞いて疑問に思ったイリスが、メフィストに問いかける。

「その〝呪われし者〟が数世代に一人しか生まれなかったのは何故なの？」

「力の流れは雄大だからね」

顎《あご》に手を当てながら、メフィストは己の見解を口にした。

「おそらくだけど、一度流れができれば数世代の間は止まることがなかったんだと思うよ。水路が絶えず流れ続けるように。時々弱まってしまう流れを元通り押し流す役目を果したのが〝呪われし者〟で、その分多大な負荷を受けて短命だったんだろうと推察されている」

「じゃあ、百年前に帝国が突然干ばつや魔力の枯渇で衰退して、逆にサタンフォードが急激に豊かになったのは、その流れを無理矢理断ち切る出来事があったからね」

講義のような説明を正しく理解してくれたイリスに微笑んで、メフィストはエメラルドの瞳を細めて頷いた。

「その通り。それがサタンフォードの独立であり、それを行ったのが帝国皇室最後の〝呪われし者〟にして、サタンフォード大公国の初代〝サタンフォード大公〟となる、ルシフェル・サタンフォード……僕のご先祖様だ」

漸く繋がった歴史に、イリスは息を吐き考えを巡らせた。

「帝国から独立した初代大公が皇室最後の〝呪われし者〟……ということは、それ以降帝国に〝呪われし者〟は生まれていないということよね。何故なら……サタンフォードの独立と共に、その術を担う血族が皇室から大公家に移ったから？」

「ご名答だ。そうなると媒体の役目は必要なくなる。サタンフォードの中にサタンフォードの力が廻るだけだからね。そんなのはただの自然の摂理だ。そのため僕に発現した呪いはほんの一部、それこそ古代魔術の残滓程度しかないってわけさ」

手袋を嵌めながら、メフィストは改めてイリスを見た。

「サタンフォードとその媒体をしていた〝呪われし者〟が帝国から独立すれば、当然そこにあった繋がりが切れる。初代大公が独立した当時、誰もそんなことは思いもしなかった。だから当時の帝国は大混乱に陥ったそうだ。急に失われた魔力、各地の不作、干ばつ。原因が分からない中、急激に衰退し砂漠化する国土。そこに国を救うため神から遣わされたという聖女が現れて雨を降らせ、土地を蘇らせた。帝国の異常な聖女崇拝がそこから始まったんだ」

自国の聖女崇拝について嫌というほど身に覚えのあるイリスは、自分の知っている歴史を今一度考え直した。

「……ねえ、初代大公は、どうして独立したの？　歴史書には詳しく書かれてないわよね？」

「大公国が建国された理由には諸説あるけど、当時の皇帝と折り合いが悪かった初代大公が、愛する妻子を守るため建国した……と大公家では伝えられている」

「初代大公といえば、それこそ皇室の血筋よね。ほぼ直系の血筋、当時の皇帝とは従兄弟《いとこ》関係じゃない？」

「良く知ってるな。僕の祖父の話だと、その更に一代前の皇帝……初代大公の伯父に当たるお方が存命だった頃は初代大公も皇室と良好な関係だったらしい。けど、皇位が代替わりした途端に関係は崩れ、初代は家族と共にサタンフォードに逃れた。そして皇室は不毛の地と共に大公家を切り捨てた」

「ちょっと待って！　それじゃあ皇室側がサタンフォードを捨てたの？」

驚いたイリスに、メフィストは苦笑する。

「歴史というのは厄介《やっかい》だからね。大公家にはそう伝わっているけど、実際は違うかもしれない。真相を知るのは当時の当事者だけさ。けど、どちらにしろ帝国がサタンフォードの独立を許したのは間違いない事実だ。不毛の土地なんて惜しくもなかったんだろう。それが自らの国力の要《かなめ》だったと知りもしないでね」

「皮肉ね。……なんて愚かなのかしら」

イリスはその当時の皇帝の顔を知らないが、想像の中の暗愚な皇帝がどこかの誰かと重なって見えた。

「いつの時代にも暗君はいるものさ」

メフィストもまた、どこかの誰かを思い浮かべながらイリスに同意する。

「でも、それで終わりじゃないのよね？　どうしてサタンフォードは今、帝国への帰属を望んでいるの？」

イリスの問いに、メフィストは溜息《ためいき》を吐《つ》いて再び地図に目を向けた。

「帝国の異変に気付いた初代大公と大公妃は、自国の発展に奔走《ほんそう》しながらもその要因を探ったんだ。いくら国を出たと言えど、祖国が急激な危機に見舞われたのを放っておけなかったらしい。そして、建国から数十年経って真実を知った。その時にはサタンフォードは活力溢れる豊かな土地となり、逆に帝国は衰退の一途を辿っていた」

「百年前と今とでは、帝国の生産力が半分にまで落ち込んでいると聞いたことがあるわ。百年で半分ですもの。数十年でも相当国力が落ち込んでいたでしょうね」

2人が見つめる古い地図の帝国は緑が多く色塗りされているが、今の帝国は西側の殆どが砂漠化している。

「他でもない自分たちの独立が帝国の危機を招いたのだと知った2人は、とても後悔したらしい。皇室の人間がどうなろうとどうでもよかったらしいが、一番最初に被害を受けるのは人民だからね」

先祖の悲痛を思いながら、メフィストは話を続けた。

「でも、サタンフォードを元通りに返還するには、サタンフォードは発展し過ぎていた。初代大公を慕って帝国から移住した者、周辺諸国から流れ着いた難民、国力を落とす帝国から逃れて来た貧民。全てを受け入れていたサタンフォードは、いつの間にか立派な国家になっていた」

「自分たちを捨てた国なんて放っておけばいいのに、あなたのご先祖様はあなたと同じくらい優しかったのね」

イリスがそう言えば、メフィストは頭を掻いた。

「どうしてそこで僕の話になるんだ？」

「だって、あなたって優し過ぎるんですもの。きっとそのご先祖様に似たのよ。それで、ご先祖様はその後どうしたの？」

納得のいかない視線をイリスに送りながらも、メフィストは続きを話した。

「帝国に真実を伝えれば、帝国は容赦なくサタンフォードを再び搾取しようとする。そうなれば築き上げた国も、そこに住む民の生活も壊されてしまう。特に当時の皇室は血眼《ちまなこ》になって国力回復の方法を探していたからね。結局、帰属を諦めた2人は子孫にそれを託すことにした。いつか、再び血族の中に〝呪われし者〟が生まれた時、自国民を守りつつ帝国とサタンフォードが平和的に結ばれ、自分たちが意図せず奪ってしまったものを祖国に返せるようにと願って」

「それで呪詛紋を持って生まれたあなたが、ご先祖様の悲願を叶えるためにこの国に来たってことかしら」

「まあ、そういうことだ」

複雑な顔をしたイリスは、メフィストに問いかけた。

「……帝国の自業自得だから放っておこうとは思わないの？」

「うん。思わないこともないけど……僕たちサタンフォードは身に余る富を有してしまった。隣で困窮している国があるのなら、余らせている分を分け合う方がいいと思うんだ。国民の生活さえ保障できればの話だけどね」

メフィストのその答えを聞いて、イリスは笑った。

「ほら。やっぱり、優し過ぎるじゃない」

◆◇◆◇◆

「それじゃあ、改めて作戦を立てましょう」

張り切った様子のイリスを見て、メフィストは知らず口角を上げた。

「まずは状況確認よ。サタンフォードと帝国に関わるこの秘密の歴史が、帝国側にどこまで知られているか。それによって交渉の方法も変わってくるわ。ちなみにあなたは、この件でミーナに会ったって言ってたわよね？　両国間の繋がりについては話したの？」

「してないよ。こんな重要な国家機密をそう易々《やすやす》と他人に話すわけないだろう。君だから話したんだ。ミーナに話したのは、サタンフォードの帰属について興味があれば力を貸してほしいって言っただけだ。その結果、牢獄に入れられたわけだけどね」

エセ聖女のことを思い出して、メフィストが肩をすくめる。

「じゃあやっぱり、問題は皇帝ね」

イリスは考え込みながら指先で机を叩いた。

「皇太子のエドガーはどうでもいいわ。あの人、あんまり頭が良くないもの。この話をしたって半分も理解できないわよ。ただ、皇帝はサタンフォードの件を把握している可能性があるわよね？」

「どうだろうな……。大公家が帝国とサタンフォードの繋がりを知ったのは、幸運にもとても優秀な学者たちの協力を得られたからだった。皇室側の調査がどこまで進んだのかは不明だ。けど、現皇帝がサタンフォードを目の敵《かたき》にしているのは確かだ。サタンフォードに対するあの態度を見ると、サタンフォードを恨んでいるように思えなくもない」

メフィストは、過去の外交で散々サタンフォードに言いがかりをつけてきた皇帝を思い出して溜息を吐いた。

「……どちらにしろ皇帝はきっと、中途半端な帰属なんて納得しないでしょうね。〝呪われし者〟とサタンフォードの仕組みを知らなかったとしても、かつてのようにサタンフォードから枯れるまで国力を搾《しぼ》り取ろうとするはずよ」

そこでイリスはふと、改めて帝国の勢力図を思い浮かべた。

「現帝国で、皇帝を止められる地位にあるのは聖女の私くらいね。皇后陛下も他の皇族も亡くなられてしまって、今の皇室に残っているのは皇帝と皇太子のみ。神殿で権力を持つ大神官は皇帝の側近だし……」

ブツブツと考えながら話すイリスの声を聞いて、メフィストは首を傾げた。

「そういえば、帝国の皇室は直系以外に存在しないな。僕はその辺の事情を良く知らないんだが。一体何があったんだ？」

「皇室の事情だから、詳しくは知られていないのだけれど……数代前の皇帝が帝位につく際、激しい権力争いがあったそうよ。その次の代でも似たようなことがあって、互いに毒殺し合ったり、告発による粛清があったり。とにかくここ数代の皇室は血みどろの争いが続いたのよ。そして気付けば、皇帝位についた勝者が敗者を粛清するっていう慣例ができてしまったの」

自国の皇族の愚かな行為に、イリスの目が暗くなる。

「じゃあ、今の皇帝もその熾烈な権力争いを経て皇位についたのか？」

「ええ、そうよ。だから油断は禁物。ああ見えて抜け目のない人なのよ」

イリスの言葉に、メフィストは呆れた目をした。

「元を辿れば僕も帝国皇室の血を引いているんだが、この国の皇族は本当にどうしようもないな。互いに牽制し合い殺し合った結果、現皇族がたった2人だなんて。国力の衰退より、皇室の崩壊の心配をした方がいいんじゃないか？」

「私も同感よ。だけど、これはチャンスだわ。現皇帝さえどうにかすれば、あと残るはエドガーだけですもの。他の皇族がいない今、サタンフォードの帰属問題を円満に解決するためには絶好の機会だと思うわ」

「確かに。僕にとっては好都合ではあるな」

「一度、皇帝に探りを入れてみたいわね。何をどこまで知っていて、サタンフォードをどう思っているのか。何かいい方法はないかしら……」

イリスが再び地図に目を走らせていると、メフィストが急に立ち上がった。

「どうしたの？」

「……誰かが向かって来ている。これは片付けよう」

イリスが広げた地図をメフィストが片付けたところで、部屋にノックの音が響いた。

「イリス様、こちらにおいでと伺い、参りました。実は折り入ってご相談があるのですが……」

やって来たのは大神官だった。イリスが前に出る。

「あら、でしたらここで伺いますわ。どうぞ中に入ってくださいませ」

部屋の主人であるメフィストに許可も取らず大神官を招き入れようとするイリスの美しい微笑みに、大神官は戸惑った。

「ですがイリス様。ここは大公子殿下のお部屋ですし……」

「私は構いませんよ」

イリスの横から顔を出したメフィストが、美麗な顔で微笑む。聖女と大公子の美の圧に耐え兼ねた大神官は、諦めて室内に足を踏み入れた。

「そ、それではお言葉に甘えて失礼致します……」

通された部屋で大神官がソファに座ると、その向かい側にイリスとメフィストが並んで腰掛けた。どう見ても一緒に話を聞く態勢の隣国の大公子へ、大神官が苛立ちを隠しながら引き攣った笑みを向ける。

「大公子殿下、失礼ですが私はイリス様に内密のご相談がございまして……」

「そうですか。どうぞ私のことは気になさらずお話しください」

美麗な笑みと丁寧な物腰とは正反対に、全く話の通じない大公子。いっそ憎らしいほど綺麗なその顔を見て、大神官の額に青筋が浮かぶ。そんな大神官に、イリスが声をかけた。

「猊下、彼のことは本当にお気になさらないで。私と離れられないだけなのです。どうぞこのままお話しください」

そしてそのままメフィストの手を握ると、メフィストもまたイリスの手を握り返した。昨夜に引き続き甘々のバカップルぶりを見せ付ける2人に、皇帝から話を聞いていた大神官は遠い目をして頭を抱えた。

「オホン。では失礼して。イリス様にご報告とお願いがございます」

「なんですか？」

「実はイリス様が聖女として目覚められてから、各地で〝奇跡〟の報告が相次いでおります。ミーナの時とは比べ物にならない量で、西部のラナーク領にまで雨が降りました。国民は真の聖女であるイリス様を讃え、心より崇拝しております」

「……そうですか。今のところ、このルビー眼以外はあまり自覚がないのですが」

「力をお使いになるうちに、自らの聖力の凄《すさ》まじさに気付かれることでしょう。して、お願いというのは、ミーナが行うはずだった、収穫祭の祭司を務めていただきたいのです」

毎年聖女が執り行う儀式を思い出し、イリスは頷いた。

「はい。謹んでお引き受け致しますわ」

「ありがとうございます。では後日、打ち合わせをさせていただきます」

「ご苦労様ですわね。宜しくお願いします」

これで終わりかと思ったところで、イリスは大神官の様子がおかしいことに気付いた。話は終わったはずなのに、一向に動こうとしないのだ。

「大神官猊下？　まだ何かおありですの？」

「それが……」

大神官は、メフィストをチラチラと見ていた。メフィストの前では言いづらい話なのだと察したイリスは、より深くメフィストに凭《もた》れた。

「彼のことはお気になさらずと申し上げたはずですが？　まだ何かおありなのでしょう？」

一瞬だけ気まずそうな顔をした大神官が、意を決したように顔を上げた。

「……では遠慮なく言わせていただきますが。イリス様、昨夜はエドガー皇太子殿下の求婚のお申し出を断られたと伺いましたが、本当でしょうか」

その言葉で大神官が何を言いに来たか悟ったイリスは、ルビー眼を細めて堂々と頷いた。

「はい。殿下はあんなに愛し合っていたミーナと夫婦になられたばかりですもの。お断りして当然ですわ」

「イリス様！　歴代の聖女様は、いずれも皇族の血筋のお方と婚姻されてきました。そうすることで、皇室と聖女様の聖力が結び付き、衰えゆく帝国の力を繋ぎ止めてきたのです。エドガー殿下はイリス様を愛しておられましたが、偽聖女に騙され仕方なくミーナと婚姻してしまいました。きっとすぐにでも離縁なされるはずです。その時はイリス様も歴代の聖女様に倣《なら》い、皇室の血筋を伴侶にするべきでございます！」

暗にエドガーと婚姻するよう迫る大神官に、イリスは先ほどのメフィストとの会話を思い出し、いいことを思い付いたとばかりに満面の聖女の微笑を向けた。

「あら。それでしたらいい方法がございますわ！」

突然声のトーンを上げた聖女に、大神官はびくりと飛び上がった。

「イリス様……？」

「こちらにいらっしゃるメフィスト様のご先祖は、かの有名な初代サタンフォード大公です。その血筋の源流は帝国皇室でいらっしゃるわ。つまり、メフィスト様も皇室の血筋を引いていらっしゃるということ。私とメフィスト様が結ばれれば全て解決じゃないかしら」

無邪気にそう答えたイリスに、大神官は顔を青くした。

「な、何を仰いますか、イリス様⁉」

悲痛に叫ぶ大神官を見て、メフィストは吹き出しそうになるのを堪えながらイリスの肩に手を置いた。

「私はとてもいい案だと思いますよ。昨日皇帝陛下にはお伝えしましたが、私たちは互いに想い合っているのです。私の血筋が帝国の役に立ち、愛する人と結ばれるのなら、これ以上のことはありません」

イリスはイリスで聖女の微笑を絶やさず、メフィストはメフィストで男でさえも見惚れるほどの美麗な貴公子の笑みを浮かべる。

パクパクと口を開けては閉じるしかできない大神官は、この状況と神聖ささえ感じる２人の笑みを前に瞳孔が揺れるほど動揺していた。

その様子を見て内心で爆笑しながら、イリスは更に大神官を揶揄《からか》う。

「では大神官猊下、早速この素敵な思い付きを、皇帝陛下にお伝えいただけませんか？」

「は？　……はあ？　私がですか⁉」

「ええ。私はこの件について、もう少しメフィスト様と話し合ってみます。彼と婚姻したら、居住は大公国にすべきか、帝国にすべきか悩みどころですもの」

「なっ！！？　た、大公国に住むですと⁉　なりませぬ！　聖女様がこの国を空けるなど、許されることではありませんっ！」

「じゃあ、メフィスト様を帝国にお呼びしないとですわね」

「イリスのためならばそうしたいところですが、私はこう見えてサタンフォードを継ぐ者。そう簡単には移住できません」

密《ひそ》かに肩を震わせながらメフィストがそう言えば、イリスは至極残念そうに眉を下げて大神官を見た。

「それではやはり、私がサタンフォードに行くしかないですわね……」

「イリス様！！！」

大神官の声が裏返り、必死で頭を下げた。

「この件は、私から皇帝陛下に奏上し判断を仰ぎます。ですのでどうか、これ以上勝手に暴走するのはおやめくださいませ！」

イリスは喉の奥でほくそ笑みながら、大神官へ聖女の微笑を見せた。

「分かりました。どうか、くれぐれも陛下に宜しくお伝えくださいね」

知らせを受けた皇帝は、きっと慌てて飛んでくる。人は動揺すると口を滑らせやすくなるので、皇帝に探りを入れるには打ってつけの機会だった。

走り去る大神官を見送りながら、イリスとメフィストは互いに目を合わせて笑ったのだった。

◆◇◆◇◆

「大神官は侍従長と合流して上に向かっている。そのまま真っ直ぐに皇帝の元へ向かうつもりだな」

メフィストが耳を澄ませながら言うと、イリスは感心したようにルビー眼を煌めかせた。

「あなたの耳って、本当にすごいわね。それもサタンフォードの呪いと関係があるの？」

「いや。これはただの遺伝というか特技というか……。母方の祖父母に鍛えられたんだ」

メフィストの言葉にイリスが思い浮かべたのは、皇太子妃教育時代に叩き込まれた周辺諸国の家系図だった。教養の一環としてイリスは、主要な国家元首の家族関係を覚えさせせられていたのだ。

「あなたのお母様、現サタンフォード大公妃殿下はジャルマン王国の王女だったわよね？」

「君は本当になんでも知っているな。そう、あの音楽の国だ」

「そのご両親と言ったら、先代の国王夫妻でしょう？　婚姻式のために世界中の楽器と音楽を用意したことで有名じゃない。そっか、だからあなたも歌が上手なの？」

イリスの弾んだ声に苦笑しながら、メフィストは母方の祖父母の逸話を思い出してイリスに話して聞かせた。

「まあ、昔から祖父母に会えば無理矢理歌わされていたからね。2人とも耳がとても良くて、僕の声質が声楽に向いているとかなんとか言ってはいろんなものを聞かされた。お陰で僕の耳も異様に良くなったんだが、あの2人は相当だよ。何せ歌とピアノで会話するような人たちだ。祖母に至っては、カエルの歌を聞けば何を言っているのか分かるらしい」

「うふふっ、何それ？　ジャルマン式のジョークなの？　ふふふっ」

これが思いのほかイリスの笑いを誘い、ただただ楽しそうに屈託なく笑う彼女を見たメフィストは、エメラルド色の目をまん丸にしてイリスを見つめた。

「…………」

クスクスと年相応に笑い続けるイリス。その柔らかな声音には、牢獄の中で泣いていた時のような絶望はなかった。

「ねえ、それじゃあ、あなたもいろんな楽器を弾けるの？」

「ん……ああ。ピアノやヴァイオリンは勿論、一通りの楽器は祖父母に仕込まれた。珍しい楽器で言うと、東洋の琴《こと》とかもね」

「琴？　ええっと……大きくて横型の、たくさん弦の張ってある東洋式のハープのような楽器だったかしら？」

「そうだ。良く知っているな……！　祖父母以外で琴が分かる人に初めて会ったよ」

エメラルド色の瞳をパチパチと瞬かせて、メフィストは前のめりにイリスの顔を覗き込んだ。

「妃教育の一環でいろんなことを勉強したもの。国外の文化や風習は、外交のためには必要な知識でしょう？　と言っても、勉強するうちに楽しくてついつい調べ過ぎてしまっただけなのだけれど」

照れたような表情のイリスを見て、メフィストは温かく目を細めた。

「素晴らしいことだと思うよ。知識は大きな武器になる。君みたいに勉強熱心な人が国の政治を背負って立つのなら、それ以上に心強いことはないだろうな」

「……でも私は結局、皇后にはならないわ。それに、私の知識なんて、本で読んだものばかり。実際に目で見て知ったわけでもないものを、本当の知識と言えるのかしら。メフィスト、あなたはサタンフォードは勿論、ジャルマン王国に行ったこともあるのでしょう？　帝国以外の国はどんな感じなの？」

興味津々《しんしん》のイリスの瞳に、メフィストは顎に手を当てて考え込んだ。

「そうだな……サタンフォードは、とにかく自然が豊かだ。けど昔はその名の通り、魔王が渡ったあとのように荒れ果てていたらしい。サタンフォード城は漆黒《しっこく》の壁でできていて、他の国とはちょっと違う一見の価値ありかな。ジャルマンは楽しい国だよ。建物の形も独特で入り組んでいて、音楽がそこかしこに鳴り響いている。それぞれの国にはそれぞれの空気感があるかな」

メフィストの話を聞きながら異国の風景を想像したイリスは、ふと微笑みを消した。

「……私はこの国から出たことがなくて、ずっと国内で教育を受けてきたわ。その中で……時々頭をよぎっていた疑問があるの」

「なんだい？」

「この国は……他の国からどう思われているのかしら？　大陸一の国土と、長い歴史。帝国に勝る国はないと、この国では教えられるの。だけれど、百年もの間衰退し続けている帝国に、本当に諸外国を圧倒するだけの力があるとは思えないのよ」

イリスの真剣な目を見たメフィストは、言いにくそうに一瞬だけ視線を外した。しかし、直向《ひたむ》きなイリスの表情を見て、静かに口を開いた。

「君の心配は、当たっている。帝国と国境を接する国々は今、虎視眈々《こしたんたん》と帝国の領土を狙っているんだ」

「やっぱり……」

「それが僕たち、サタンフォードが帝国への帰属を急ぐ理由の一つでもある。この国が百年間無事でいられたのは、その広大な国土と歴史故だ。でも、もう周辺諸国は帝国の衰退にとっくに気付いている。今は機を見計らっているだけに過ぎない。どこか一国が攻め入れば、次から次へと他国がこの国を奪いに来るだろう。そして、今の帝国にそれに備えるだけの軍備があるとは思えない」

正直に答えてくれたメフィストの言葉に、イリスは深く息を吐いた。

「……そうなのね。誰も……この国の誰も、そんなことは露《つゆ》ほども想像していないわ。この国が帝国というだけで、他国に負けるわけがないと思ってる。でも実際は違うでしょう？」

声を震わせたイリスは、自分がこれまで見てきた歴史書の一部を思い出していた。

「百年前、国力を落としかけていた時期に当時の皇族が侵略のため隣国に攻め入って大敗した記録が残っているもの。今では皇室がその歴史を消そうとしていて、アカデミーでは帝国の権威ばかりを教えているけれど。正しい歴史と国際認識を持たないと、この国に未来はないわ」

「君の言う通りだ。せめて無敵の軍を持つサタンフォードが帝国に付けば、まだ他国への牽制《けんせい》にもなる。でも今は、各国から絶好の獲物にされている状態だ。にもかかわらず、皇帝は他国との同盟どころか国交さえ断絶しようとしている」

改めて世界の中での帝国の状況を知ったイリスは、重い溜息を吐いた。

「なんてこと……私は、これでも筆頭公爵家の令嬢として生まれ、皇太子妃になるべく育ったのよ？　なのに、そんなことも知らずに生きてきたなんて。今あるこの国の形が、明日急に変わり果ててもおかしくないような状態だというのに……」

落ち込むイリスに、メフィストは優しく声をかけた。

「君の父、タランチュラン公爵は、この事態を危惧《きぐ》してサタンフォードと和平条約を締結しようと進言していたらしい」

「お父様が……!?」

驚くイリスに頷きながら、メフィストは記憶を辿って視線を巡らせた。

「サタンフォードの大公家宛に、公爵から内密に書信が届いたことがあってね。だけど、その書信に返事をしても、その後の返答が一向に来なかった。何故来なかったのか、この国に来て漸く分かったよ。まさか、公爵があんなことになっていようとは……」

それを聞いたイリスは、迫り上がってくる涙を必死に飲み込んだ。

「そう。お父様が……。この国を憂い、そんなことをお考えだったなんて……」

「イリス……」

「私って、本当にダメだわ。これまで必死に何を勉強してきたのかしら」

「そんなことはない。昨日も言ったけど、君は素晴らしい女性だよ。あの皇太子には勿体ない。少なくとも僕は、こんなふうに聡明で、国を思える女性に初めて会った。君と話していると本当にワクワクするんだ」

メフィストは、改めて目の前のイリスを見る。牢獄の中にいる間は弱々しい啜り泣きの声を聞いていただけだったが、イリスがただ弱いだけの女性でないことは、もうとっくに分かっていた。

美しく聡明で思慮深いイリスに、少しでもそれを伝えたくて真剣な目をするメフィスト。

慰めようとしてくれるメフィストの言葉に、イリスはパチパチと瞬きをするとくすりと微笑んだ。

「あら。私だって、カッシーナの詩集の話をできる人と出逢ったのは初めてよ。一度エドガーにこの話をしたら、あの人なんて言ったと思う？『菓子ばかり食ってたら太るぞ』ですって。

どうやらカッシーナをお菓子の名前だと思ったみたいよ。それ以来あの人の前でこの話をするのは止めたわ」

呆れた笑い話のつもりで話したイリスは、ふと見たメフィストの顔を見て苦笑を引っ込めた。

「あの、メフィスト……？」

「……君は今でも、あの皇太子に情があるのかい？」

それまでずっと、穏やかにイリスの話を聞いていたメフィストが、どこか不機嫌そうにそう言うのを見て、イリスは戸惑いながら答えた。

「いいえ。これっぽっちも情なんて残っていないわ。そもそも、エドガーとは婚約者ではあったけれど……愛や恋のような感情はなかった。家同士の政略、それ以上でもそれ以下でもなかったわ。勿論、婚約者として彼以外に目を向けたことはなかったけれど……エドガーは違ったようだし」

エドガーがミーナと浮気していた屈辱の日々を思い出しながら、苦々しげに語るイリス。その表情を見て、メフィストは強張っていた空気を和《やわ》らげた。

「ごめん。君につらい記憶を思い出させる気はなかったんだ」

バツの悪そうなメフィストを見て、イリスはふと微笑んだ。

「気にしないで。今の私はもう、エドガーの婚約者でなくなった自分を誇りに思っているもの。

それに……うふふ。あー、あんなに笑ったのは初めてだわ。私たちが恋仲だって言った時の、皇帝やエドガーや大神官のあの間抜けな顔！　あの時の顔を思い出すだけで笑いが込み上げてくるんですもの」

笑みの残った顔で涙を拭きながら、イリスがメフィストを見上げる。するとそこには、至極真面目な顔をした美貌の貴公子がいて、イリスは動きを止めた。

「なら、本当に恋愛してみないか」

メフィストのその言葉に、イリスはルビー眼を限界まで見開く。

「……それも冗談かしら？」

ドキドキする胸を悟られたくなくてそのまま下を向くと、黒手袋の手がイリスの手を取った。

「違う、と言ったら？」

顔を上げると、メフィストの秀麗な顔の中で一際《ひときわ》目を引く緑色の瞳がイリスを一心に見つめていた。

「えっと……」

「僕は、君が好きだよ」

イリスはルビー眼を再び揺らめかせた。こんなにハッキリと、面と向かって好意を告げられたのは生まれて初めてだった。

「な、何を言っているの？　わ、私たち、まだ出逢ったばかりじゃない」

耳の先を赤く染めたイリスに、メフィストはそのエメラルド色の瞳を柔らかく細めた。

「皇帝にも言ったが、人は時に一目見て恋に落ちることがあるだろう？　僕は君と初めて目が合ったあの瞬間、心に迫るものを感じた」

「……」

イリスは、メフィストの瞳を初めて見たあの瞬間、自分の中にも確かに不思議な感覚が生まれたことを思い出す。

「それだけじゃない。牢獄の中でも気高くあろうとする君の気配や、こうして言葉を交わすようになって初めて知った君の心根の潔さ、真面目さ、聡明さ。そしてさっき見た無邪気な笑顔。その全てに僕はどうしようもなく惹かれているんだ」

「……私、そういうのは分からないの」

ずっとエドガーの婚約者として過ごしてきたイリスは、他者にそういった情を抱いたことがない。だから、自分が今感じている胸の高鳴りが、彼に対する恋情かどうか自信が持てなかった。

「それに、恐いのよ。恋をするのも、裏切られるのも、失うのも恐いわ」

正直にそう言ったのは、イリスなりにメフィストへ誠意を見せたかったからだ。真っ直ぐな目を向けてくれる彼を見て、彼の気持ちが嘘でも冗談でもないと分かったからこそ、いい加減な気持ちで彼に向き合うことだけはしたくなかった。

「君の不安が消えるまで、いつまでも待つよ」

そんなイリスにメフィストが返したのは、どこまでも優しい言葉だった。イリスは意味も分からず泣きたくなった。胸が切なく痛む。

「待たなくていい。だって、答えを出せないかもしれないもの」

「構わないさ。側に居られれば、なんだっていい」

どこまでも甘く優しい彼の言葉に、イリスの心がぐらぐらと揺らぐ。それが恐ろしくてイリスは首を横に振った。

「今は、復讐に専念したいのよ。だから……」

「ああ。それもそうだね。ごめん。困らせて悪かった」

「……困ってはいないわ。あなたと居るのは楽しいもの」

頬を染めるイリスへと手を伸ばしかけたメフィストは、その手を引っ込めて優しく笑った。

「サタンフォードの人間は、愛情深くて一途《いちず》なんだ。そして、〝運命の相手〟を自分で決める」

「運命の相手……？」

顔を上げたイリスが、ほんのりと潤んだルビー眼でメフィストを見上げる。

「僕の家系には〝サタンフォードは番《つが》う〟なんて格言があってね。歴代の大公をはじめとした血族全員が、生涯を懸けてたった一人を愛し抜いてきた。初代大公夫妻の真実の愛が僕の血には根付いていているんだ。僕たちは人生でたった一人だけ、この人と決めた人しか愛さない。まさに〝運命の相手〟みたいだろう？」

イリスは、笑っていいのか泣けばいいのか分からなかった。ただ、とても大きくて温かいメフィストの想いに包まれて、どこまでも安心している自分に気付いた。

「サタンフォードって、本当に素敵なところね」

この帝国で裏切られ、貶められ、蔑ろにされてボロボロにされた過去を持つイリスにとって、愛情に溢れたメフィストの瞳は眩し過ぎる。直視できずにいると、優しい声音が落ちてきた。

「君は何もしなくていい。答えも要らない。意識もしなくていい。けど、これだけは覚えていて」

メフィストの黒手袋の指先が、スッとイリスの髪の先を掬《すく》い上げる。

「僕は生涯、君だけしか愛さないよ。だから、僕に愛されることを当たり前だと思ってほしい。例え君が僕を厭《いと》おうと、僕が君を愛する事実だけは変わることがないのだから」

「メフィスト、私……」

「シッ。どうやら皇帝が来たようだ」

メフィストが人差し指を立てると、数秒後イリスの耳にも廊下を走るようなドタドタという騒音が聞こえた。

◆◇◆◇◆

「イリス!!」

ノックもなく踏み入って来た皇帝に、イリスとメフィストは大袈裟《おおげさ》に驚いてみせる。

「陛下!? 一体どうされたのです?」

息を切らして服も乱れた皇帝が、ギロリとメフィストを睨み付ける。

「貴様！　良くも……！」

「陛下、どうかお鎮まりくださいっ！」

「相手は隣国の大公子殿下ですっ！　ここは何卒《なにとぞ》冷静に……！」

メフィストに掴みかかろうとした皇帝を、大神官と侍従長が両側から止めに入った。顔を真っ赤にした3人が、それぞれに声を荒げて揉《も》みくちゃになる。

大の男3人のみっともない姿を前にしてもなお涼《すず》やかなメフィストが、穏やかな微笑を浮かべてイリスの前に出た。

「これはこれは、皇帝陛下。斬新なご挨拶ですね」

嫌味さえも爽やかにさせるメフィストの笑顔に、皇帝は鋭い目を向けた。

「メフィスト殿。大神官に聞いたのだが、そなた、我が国の聖女をサタンフォードに連れ帰ろうとしたのか？」

怒りを抑え切れていない皇帝のその姿を見て、国家元首としての資質は皆無だなと内心で呆れつつも、メフィストはあくまでも紳士的に答えた。

「私はただ、イリスとの将来について語っていただけですよ。婚姻後はサタンフォードに住むのもいいのではと」

「ならん！　帝国の聖女であるイリスは、帝国の皇族と結ばれるべきだ！　貴様ではなく、我が息子エドガーとな！」

「昨夜イリスはそのエドガー殿下の求婚をお断りしてましたが？　それに、肝心のエドガー殿下は妻帯者でしょう。まさか本当に聖女であるイリスを側室にしようなどと考えているわけではありませんよね？」

「くっ！　エドガーとミーナは離縁する予定だっ」

「では、離縁が済んでから出直したら如何ですか？」

紳士的ながらも鋭いメフィストの言葉に、皇帝は悔しそうに地団駄を踏んで指を差した。

「帝国から何もかもを奪っておいて、聖女まで奪おうとはっ！　お前たちサタンフォードはその名の通り、魔王の如く強欲で穢《けが》らわしい！」

「サタンフォードが、一体帝国から何を奪ったと言うのです？」

「……それはっ！」

皇帝のその憤怒の表情を見て、イリスとメフィストは悟った。皇帝は、帝国とサタンフォードの秘史を知っているのだと。

「もういい！　いずれ、全てを返してもらおうぞ！」

「侍従長、大神官！　ミーナの処刑を急げ！　あの女が全ての元凶だっ！　これ以上生かしてはおけんっ」

呆れた顔で皇帝の背中を見送ったイリスは、改めてメフィストと向かい合った。

「これでハッキリしたわ。皇帝は、全てを知っていてサタンフォードを取り戻そうとしている。あなたの計画の邪魔者よ」

口角を上げたメフィストが、イリスを見つめ返した。

「そして君の復讐相手でもある」

「私たちの目的が一致したわね。私たちの手で、皇帝を失脚させるわよ。そのためにまずは……ミーナに会いに行きましょうか」

第四章　聖女の取引

「本当に行くのか？」

「ええ。ミーナにはいろいろと教えてもらわなきゃいけないことがあるもの。あれだけ権力者たちと癒着《ゆちゃく》していたミーナよ？　叩けば叩くほど埃《ほこり》が出るはずだわ。皇帝や、皇帝の周りにいる侍従長と大神官。あの人たちを蹴落とすために、ミーナはいい材料になる。それに……ずっと気になっていたことがあるの」

　イリスはメフィストを伴い、地下の牢獄へと来ていた。

「滑るから、気を付けて」

　地下へ降りながらイリスの手を取るメフィストに、先ほどの甘過ぎる告白を思い出したイリスは、こっそりと赤面した。そして前を向く秀麗な横顔を見つめながら、どうにもむず痒《がゆ》くてソワソワした気持ちになる。

　メフィストと一緒にいる時だけ感じるその気持ちの正体について考える前に、イリスは目的地に着いてしまった。

「随分と寂しそうね」

こちらに背を向け、独りで震えるミーナにそう話しかけると、肩を震わせたミーナが振り向いた。

「アンタたち……！　なんで一緒にいるの⁉」

イリスの横にメフィストがいるのを見たミーナが、檻の中で驚愕に目を見開く。

「私たちが何をしようとあなたには関係ないでしょう？　それより、あなたに話があって来たのよ。ねえ、ミーナ。侍従長が嘘の証言をしたと白状したことは知っているわよね？」

「……ええ」

警戒しながらも、ミーナは頷いた。

「侍従長はあなたに脅されたと言っているのだけれど、それは本当？」

「はあ？　あいつ、そんな出鱈目《でたらめ》を言い出したの？　そんなわけないじゃない」

吐き捨てるようなミーナの言葉に、イリスとメフィストが顔を見合わせた。

「……それはどういうこと？」

イリスが声を落として聞くと、ミーナは鼻を鳴らした。

「だったら聞くけど。アンタは私が皇后を殺した時、侍従長を脅してる暇があったように見えた？」

イリスは首を横に振った。イリスも気になっていたのだ。あの日、皇后が毒を飲んで倒れると、ミーナはすぐに叫んで衛兵を呼んだ。そしてイリスを犯人だと名指しし、そのまま侍従長は示し合わせたようにイリスが茶を淹れたと証言した。

当時は混乱していたイリスも、冷静に考えればあの時の侍従長の行動がおかしいと気付いた。状況をいち早く察した侍従長が、聖女のミーナを庇おうとした……というのなら分からなくもないが、侍従長はあの時、何の躊躇いもなくイリスを犯人にでっち上げたのだ。

更にはあの日、皇后について来たのがいつもの侍女ではなく侍従長一人だったことも気になった。まるで、イリスとミーナと侍従長と皇后、この4人の構図が最初から決められていたかのように普段と違っていた、ミーナと侍従長の行動。

「まさか、あなたたちは……共犯だったの？」

「あはっ！　今更気付いた？　皇后に盛った毒を私がどこから手に入れたか分かる？　用意したのは侍従長よ。というか、最初に皇后毒殺の話を持って来たのはあの男の方よ」

怪しいと思っていたイリスでさえも、これには驚いた。長く宮殿に勤めて皇帝の側近でもある侍従長が、皇后毒殺の共犯どころか、主犯だったなんて。

「……どうして今まで黙っていたの？」

「今の私が何を言おうと、誰も私の言葉を信じないでしょ。アンタが一番今の私の気持ちを良く知ってるんでしょうけどね。でも私は侍従長の弱みを握ってる。だから、侍従長が自分可愛さに私を助けに来ると思って黙っていてあげたのに、あの狸《たぬき》男、ちっとも役に立たないんですもの」

憎らしげなミーナは、驚愕するイリスを見てニタリと笑った。

「もしかしてアンタ、侍従長の弱みを知りたいんじゃないの？　それでここに来たんでしょう？　それじゃあ取引してあげましょうか？　私は情報をあげる。代わりにアンタは私がここから出られるよう手立てを考えるのよ。どう？」

「……いいわよ」

「イリス」

それまで黙って聞いていたメフィストが心配そうにイリスを呼ぶが、イリスは肩越しにメフィストを見て小さく囁《ささや》いた。

「大丈夫。私に考えがあるの。信じて？」

「……君がそう言うなら」

イリスに判断を委ねたメフィストが一歩引くと、目を輝かせたミーナが檻の中からイリスを見た。

「それで？　やるの？　やらないの？」

「分かったわ。あなたの条件を呑むから、教えてちょうだい。侍従長の弱みは何？」

イリスの問いに、ミーナはあっけらかんと答えた。

「横領よ。侍従長は皇宮の備品やお金を盗んで自分の懐に入れていたの。それを皇后に見つかって、処分される前に手を打ちたかったらしいわ。私も皇后が邪魔だったから、利害が一致して協力したのよ」

「……証拠はある？」

「侍従長が書類やらくすねた宝石やらを大切に仕舞ってる場所を知ってるわ」

自信たっぷりのミーナに、イリスは約束した。

「陛下にはあなたのことを改めて嘆願しておくわ。他にもあなたの罪が軽くなるよう考えてあげる。これで貸し借りはなしよ。あなたに助けられた命の借りは返すわ。そして改めて、あなたを地獄に送ってあげる」

「ふん。やれるものならやってみなさいよ」

腕を組んだミーナが、檻の中からふてぶてしい顔をイリスに向けたのだった。

◆◇◆◇◆

その日イリスは、聖女として初めて公の場に姿を現した。

毎年行われる収穫祭にて、去年まで祭司を務めていたミーナに代わり、今年は真の聖女となったイリスがお目見えを兼ねて祭司を務めることになったのだ。

神殿の祭壇にて執り行われる儀式を一目見ようと、多くの国民が押し寄せていた。

注目の中、登場したイリスは正真正銘のルビー眼を煌めかせ、一時は悪女として断罪されたことなど感じさせないような、優雅さと気品に溢れた姿を観衆の前に披露した。

神殿の壁画に施された神の化身のウサギに良く似た、イリスの凛とした姿とルビー眼は間違いなく人々の目に焼き付いて称賛を得た。しかし、イリスの他にもう一つだけ、人々の目を奪ったものがあった。


「聖女様の手を引いてらっしゃる貴公子はどなた?」

「あの美しいお方はどの家門の令息かしら?」

「聖女様と並ぶ姿が一枚の絵画のように素敵だわ!」


イリスが自分の付き添い役に選び、聖女をエスコートして登場したメフィストの美貌に、見物していた令嬢たちの間から黄色い声が上がる。

去年まで、聖女だったミーナの付き添い役をしていたのは皇太子エドガーだった。だから誰もが、今日の付き添い役もエドガーであると思っていた。そんな中で、突然現れた美貌の貴公子に注目が集まるのは当然のことだった。

実際に、儀式の打ち合わせの中で大神官は何度もイリスにエドガーの付き添い役を打診していた。しかし、そんな大神官の言葉をイリスは一刀両断した。

「私のパートナーを私が選んで、何が問題なのですか？」

結果としてメフィストを伴い完璧に儀式を済ませた真の聖女イリスの姿は、美し過ぎる付き添い役と相まって人々に強烈な印象を与えた。それはもう、参列していた皇帝が顔を歪ませるほど、イリスとイリスの付き添い役メフィストは人気を集め、２人には果てしない注目と称賛が注がれていた。

しかし、イリスの聖女としてのお披露目はそれだけでは終わらなかった。

聖女として覚醒したばかりのイリスは、とてもそうとは思わせないほどの強い力を解放して雨を呼び、病や怪我に苦しむ人々に聖力での治療を施したのだ。

「聖女様！　ありがとうございます」

「どういたしまして」

それは平民から貴族まで。列を作る者たち一人一人に、イリスは聖女の力を与え、聖女の微笑を浮かべた。

「イリス様！　ご無沙汰しております」

そんな時、順番が回ってきた男が子供の手を引きながらイリスの前に来る。

「ご無沙汰しております、伯爵」

イリスの父、タランチュラン公爵とも交流のあった伯爵が、イリスに問いかける。

「まさかイリス様とこのように再会できるとは。イリス様、失礼でなければ……そちらの、本日の付き添い役であらせられる貴公子はどなたか、お聞きしても宜しいでしょうか？」

「ああ、こちらはサタンフォード大公国の大公子、メフィスト殿下です」

周りにも聞こえるように言ったイリスの言葉に、周囲から騒《ざわ》めきが起きた。紹介を受けたメフィストが、優美な礼をする。

「サ、サタンフォード大公国の大公子が、何故この国に？」

驚愕する伯爵に向けて、イリスは聖女の微笑でスラスラと答えた。

「彼は現在、私の友人として皇宮に滞在されているのですわ。とても良いお付き合いをさせていただいておりますの。そうですわよね、皇帝陛下？」

同意を求められた皇帝は、まさか隣国の大公子であるメフィストを牢獄に入れていたなどと言えるはずもなく。イリスの言葉に頷くより他になかった。

「……うむ。聖女の客人である」

不服そうな空気を少しだけ醸しながらも頷いた皇帝を見て、伯爵は訳知り顔で声を落とした。

「なるほど。エドガー殿下は偽者と婚姻したままと聞きました。何やら事情がおありのようですな」

この言葉に愛想笑いだけで返したイリスに、伯爵は更に声を落として問いかけた。

「それで娘の治療費は、おいくらを用意すれば宜しいでしょうか？　ミーナ様や大神官猊下にお納めしていた額では足りませんか？」

これにはイリスも驚愕する。まさか聖女だったミーナは、患者から治療費を巻き上げていたのだろうか。そこに大神官まで絡んでいた……？　どういうことかと困惑するイリスを見て何を思ったのか、伯爵は更に声を潜《ひそ》める。

「他に取引があれば、いつものように侍従長を通していただければ応じます。ですからどうか、娘をお願い致します」

「……伯爵、私は見返りを求めたり致しませんわ。娘さんは無償で治療致します」

驚く伯爵を他所に、イリスは喘息《ぜんそく》がちだという伯爵の娘に聖力を施した。感激する伯爵を見送りながら、イリスはメフィストとそっと目を合わせる。伯爵の他にも、貴族が数名イリスの元にやって来たが、高位貴族であればあるほど、治療の対価を気にして聞いてきた。

何か、まだイリスたちの知らないミーナと大神官や侍従長の繋がりがあるのだろうか。どこまでも強欲なミーナに、イリスは心底ウンザリした。

「イリス様！」

次にやって来た集団を見て、イリスは密かに眉を寄せた。

「お久しぶりです。アカデミーを卒業して以来ですね。こうして再びお会いできて、本当に嬉しいです」

「ええ。私もですわ」

満面の笑みを貼り付けてイリスの前に図々しく姿を見せたのは、イリスと同時期にアカデミーに通っていた貴族の令息たちだった。

アカデミーに入学した当初、彼らは美人で聡明なイリスに対してとても丁寧に、そして積極的に話しかけてきた。

次期皇太子妃だったイリスに近寄りたいという魂胆《こんたん》が見え見えだったが、イリスはそれも皇太子の婚約者の務めとして、エドガーの側近候補でもある彼らと節度を保ちながらも、表面上は親しく接していた。

しかし、ミーナが聖女の力に目覚めると、彼らは急に態度を変えてイリスに近寄らなくなり、イリスの居ないところで陰口を叩くようになった。彼らがその程度の男たちであることを、イリスは良く知っている。

当然イリスは、彼らに対して良い感情など、僅かばかりも持ち合わせてはいない。

「我々はずっと、イリス様が無実であると信じていました」

「そうです。エドガー殿下にも、ずっとそう訴えていたのですが……」

「最初からミーナのことは怪しいと思っていました」

今更な話を堂々と恥ずかしげもなく語る彼らに、イリスは微笑みながら内心で冷たい目を向ける。

当時のイリスは彼らの日和見《ひよりみ》な態度を仕方ないものだと思っていたが、今のイリスには彼らがエドガーと同様に下劣で愚かにしか見えなかった。

「あら、そうでしたのね」

適当に答えたイリスの愛想笑いを勘違いしたのか、そのうちの一人が頬を染めてイリスに手を伸ばそうとした。

「あの、イリス様。宜しければ……」

「聖女様の時間をあまり引き留めるものではないと思いますよ」

しかし、その手はメフィストによって遮られる。

イリスの隣で成り行きを見守っていたメフィストは、彼らの態度に礼を尽くす必要性はないと判断したのだ。

メフィストの話し方は穏やかだったが、その声には有無を言わせぬ圧があった。

「えっと……」

隣国の大公子、それもハッとするほどの美貌を持つメフィストに、令息たちは気まずげな目を向けた。

「メフィスト様の仰る通りですわ。本日は聖女としての務めを果たすためにここに参りましたの。ですので皆さん、お話はまたの機会に致しましょう」

イリスがメフィストの腕に親しげに掴まって笑みを向ける。元から美しいイリスの容貌は、メフィストの隣にいることで更に輝きを増したようだった。

ここに来て漸く、自分たちの入り込む余地がないことを今更ながらに察した彼らは、ゴニョゴニョと口の中で何かを言って去って行った。

「メフィスト？　どうかしたの？」

「……」

去って行く令息たちを冷ややかに見送ったイリスは、先ほどから何故か不機嫌そうなメフィストに首を傾げた。

「気分が優れないの？」

小声で問いかけたイリスに、メフィストは首を横に振る。

「いや。……ただ、君に寄ってくる男たちが気に食わなかっただけさ」

メフィストのその言葉に、イリスは絶句した。

いつも穏やかで優しくて、あの皇帝の前でさえ余裕を見せるメフィストが。まさかこんなに拗《す》ねるだなんて。

それも、同年代の令息たちがイリスに言い寄って来た程度で。

口を尖らせるメフィストの態度が恋愛小説で良く読む、〝嫉妬〟や〝ヤキモチ〟にとても良く似ていることに気付いて、イリスは頬を染めた。

「あんな奴らよりも先に……もっと早く君に出逢えていたら、どんなによかったか」

メフィストは、イリスの髪留めを直すフリをして、その柔らかな金髪の一房を指先に絡めた。

「君と同じ学舎で学び、何気ない時を共に過ごして、週末は観劇に行ったりして。想像しただけで楽し過ぎて、どうして僕は大公国に生まれてしまったのかと、悔しくなるよ」

頬の熱が更に高まった気がして、イリスは慌ててメフィストから目を逸らす。

そうして想像してみた。エドガーの婚約者だった時は周囲から持て囃され、ミーリが聖女になった途端、悪女として蔑まれ孤立したアカデミーでのつらい記憶。

その中に、もし。メフィストが居てくれたら。イリスはきっと、とてもとても救われていただろう。

誰もがイリスに冷たい蔑みの視線を向けようとも、メフィストだけは、今と同じように温かなそのエメラルドの瞳を向けてくれたはず。イリスにはそう確信できた。

それほどまでにイリスにとってメフィストは、出会ってからの時間の長さなど関係なく安心できる存在になっていた。

「そうね。あなたと一緒だったら、私の青春は輝いていたかもしれないわ」

イリスの言葉の裏側にある、彼女の苦しみを垣間見た気がして、メフィストは遣《や》る瀬《せ》ない思いを胸に抱いた。

彼女を蔑ろにしたこの国の何もかもに、どうしようもなく腹が立つ。もういっそ、全てを捨ててイリスをサタンフォードに連れ去りたいと思うほどに。

「イリス。無力な僕には時間を巻き戻す能力も過去を変える手立てもないけれど、これだけは約束するよ」

しかしメフィストは、イリスの目的を何よりも尊重したかった。

「これから先の時間、僕は君を一人にしたりしない。君が僕を必要としてくれるなら、ずっと側にいて君を守る。君が心から笑えるなら、なんだってするさ」

ルビー眼を見開いたイリスは、メフィストの言葉に泣きそうになるのをなんとか堪えた。

つらく孤独な記憶を思い出したイリスにとって、メフィストのその言葉は蜜《みつ》のように甘く、イリスを惹き付ける。

「メフィスト……」

ともすれば縋り付いてしまいそうになるのを堪えながら、イリスはメフィストの手を握った。

メフィストの想いに応えられていないのに、この手を離したくないなんて、自分はなんて強欲なのか。

そう思いながらもイリスは、生まれてからずっと誰にも甘えられなかった心の一部を、そっとメフィストの優しさに預けたのだった。


しかし、式典はそれだけで終わりではなく、他にも困った事態が起きた。

「ミーナ様は、私のママを治してくれたの！　だからお願い、ミーナ様を悪者にしないでっ！」

小さな一人の女の子が、イリスを前に泣きながら叫び声を上げたのだ。

「何をしておる！　聖女様をお護りし、背信者を連れ出せ！」

いち早く反応した大神官が怒鳴る中、イリスは絶好のチャンスとばかりにその子の手を取った。

「あなたの言っていることは分かるわ。ミーナが聖女としてあなたのお母様のような人々を救ったのは、事実ですもの」

「イリス様!?　何を……」

イリスのこの行動に困惑した大神官を無視して、イリスは皇帝を見た。

「皇帝陛下、この場をお借りして申し上げます。実は……皇后陛下の毒殺について、新たな証言がございます」

大勢のいる公の場での聖女からの奏上に、皇帝は狼狽えつつもなんとか体裁《ていさい》を保った。

「それは、……如何なる証言だ？　申してみよ」

「はい。皇后陛下の毒殺は、侍従長の主導のもと行われたとミーナが証言致しました」

「なっ!?」

イリスの発言に、その場に居た誰もが驚愕し、あっという間に騒めきが広がっていった。

「何を言う、イリスよ！　あんな偽者の証言を信じる気か!?　出鱈目に決まっておる！」

怒鳴る皇帝へ、イリスは心痛な面持ちで嘆願した。

「私は、無実を主張する私の声が誰にも届かなかったあの日のことを忘れません。例えミーナが信用に足らぬ行いをしたとしても、この件については改めて調査を行うべきです」

「うっ……」

民衆の手前、下手に言い返すことのできない皇帝が言葉を詰まらせる。ここぞとばかりにイリスは畳みかけた。

「……確かにミーナは、皇后陛下を毒殺し、私に罪を被せるという罪を犯しました。ですが、ここにいる皆さんのように、彼女に助けられた人々もまた、多くいることでしょう。更には、皇后陛下の毒殺を侍従長から強要された……となれば、情状酌量《じょうじょうしゃくりょう》の余地はあります。その罪は決して消えませんが、これまでのことを顧《かえり》みて今一度の再調査とミーナの処遇に関する再考をお願い致します」

「聖女様はなんて素晴らしいお方なの！」

「自分を貶めた奴の話を聞くだなんて、本当に心の清い人だ」

「偽者を庇うなんて、慈悲深いわ！」

イリスの言葉に反応した民衆は、一様にイリスの行動を褒め称えた。大きくなっていくその声を、皇帝も無視はできない。

「くっ……！」

結果として、皇后毒殺の件は再調査が行われることとなり、偽聖女ミーナの刑は保留にされた。そして自分を虐げた偽者のために嘆願したイリスの慈悲深さと勇気に、人々は彼女こそ真の聖女であると感動し、イリスへの信仰が高まっていった。

そうして聖女であるイリスが主導となり行われた再調査の結果、侍従長の部屋の隠し戸から皇后毒殺に使用された毒の瓶と、侍従長が日常的に横領していたことを示す裏帳簿が発見されたのだった。

◆◇◆◇◆

「クソッ……！」

皇帝は、執務室の机を思い切り叩いた。

聖女イリスが、公の場で偽聖女ミーナの処遇について嘆願したことは、想像以上に皇帝側に大打撃を与えていた。

「イリスめ……ッ！　全て分かっていてあの場で嘆願しおったのかっ」

慈悲深く清廉《せいれん》なイリスに賞賛が集まる一方、皇帝が長く重宝してきた侍従長が、皇后毒殺の主犯として捕らえられ、横領罪まで明らかとなってしまった。

これに伴い皇室の威信は地に落ちた。更には大衆の前で仲睦まじい様子を見せた、聖女イリスと隣国の大公子メフィストのロマンスが取り沙汰されたことを受けて、暫く公の場に現れなくなった皇太子エドガーについての不名誉な噂話が帝都を駆け巡った。

皇太子エドガーは、偽者に騙されイリスを裏切りミーナと婚姻したが、イリスが真の聖女となった途端に再びイリスに乗り換えようとして、愛想を尽かしたイリスに無様《ぶざま》にも振られたようだ……と。

これはまるで、ミーナが聖女になった際、ミーナとエドガーのロマンスの噂によりイリスが悪者に仕立て上げられた当時の裏返しのようだった。

気付けばイリスを捨て偽者と婚姻した挙句、今更イリスに横恋慕して失恋した皇太子という、なんとも情けないレッテルがエドガーに貼られてしまっていた。

エドガーが公務の場で恙《つつが》ない姿を見せていれば、また違ったかもしれない。しかし、皇太子であるエドガーはイリスに求婚を断られ平手打ちされてからというもの、酒浸りとなり部屋から一歩も出てこなくなっていた。

公務を投げ出す皇太子に皇室に対する不信感は募る一方であり、皇室の支持率が急落するのと反対に、皇室と距離を置いて悪事を暴き偽聖女でさえも救おうとする聖女イリスの清廉潔白な行いは高く評価された。

こうして隣国の美貌の大公子メフィストと親密な様子を見せる聖女イリスと、次々に不祥事が発覚する皇室との確執が、次第に浮き彫りとなっていた。

「侍従長の件も、イリスはミーナが進んで毒を盛ったのを知っているはずだ！　にもかかわらず、侍従長を主犯に仕立て上げるとは……何かを企てているに違いない、あの女！」

公の場にてイリスが主張した侍従長の調査はその後も公開で進められ、聖女により発信された罪状は民衆に知れ渡った。

聖女イリスは再調査の結果、侍従長が皇后暗殺を企て毒を用意し、当時聖女であったミーナに毒殺を強要したと発表した。侍従長は斬首刑が決まり、偽聖女ミーナはこれまでの功績を踏まえ情状酌量の余地があるとして、斬首刑から終身刑へと減刑され、帝都の端の離宮へ幽閉が決まった。

民衆に広く事の経緯が広まっている今、皇帝の権力をもってしても侍従長の処刑を覆すことは不可能だった。

「まさかこんな形で侍従長を失おうとは思いもよらなかった……っ！　大神官！　例の案件は決まりそうなのかっ⁉」

睨まれた大神官は滲んだ汗を拭きながら目を逸らす。

「陛下、それが……」

「どうした？」

「実は、聖女様がミーナからイリス様に代わったことを受けて、概ねこちら側についていた大臣たちが難色を示しております」

「……なんだと？」

「ミーナの治癒力を餌に支持を得ていた病がちの子女のいる貴族家は、イリス様の無償の治療により取引に応じなくなりました。また、賄賂《わいろ》を贈っていた侍従長が失脚したことも大きく、さ、更に……イリス様が、サタンフォードの大公子と行動を共にしていると噂が広がり、議会から例の件の裁決を延期するよう声が上がり始めておりまして……」

「…………っ!?　ふざけるなっっ！」

皇帝は机の上の書類を叩き落とした。

散らばる書類やらペンやら置物やらを避けながら、大神官は言いづらそうに付け加えた。

「そして、侍従長の失脚やエドガー殿下の引きこもりを受け、貴族議員の間から……宰相の復帰を望む声が相次いでおります」

皇帝は、机に手をつきその身を怒りに震わせた。

「和平派の筆頭だった邪魔なタランチュランを始末し、口煩《うるさ》い宰相も追い遣ったと言うのに、何故サタンフォードへの侵略戦争が決まらんのだ!?」

サタンフォードを奪取するため、ずっと侵略戦争論を唱えてきた皇帝にとって、本来であれば今が絶好の機会のはずだった。

サタンフォードとの和平交渉を望むタランチュラン公爵を反逆者として処刑し、その責を取らせて蟄居《ちっきょ》を命じた宰相を議会から遠ざけた。その隙にエドガーと聖女だったミーナを婚姻させ、ミーナの力を使い議会の貴族たちを懐柔してきたのだ。

そのために、侍従長にはさまざまな汚職をさせてきた。故に多少のことには目を瞑り、横領程度なら好きにさせていたのだが。どうやらそれが、仇となったらしい。

「このままではダメだ。侍従長が余計なことを喋る前に、一刻も早く始末するのだ」

「陛下！　宜しいのですか？　侍従長はこれまで陛下のために散々尽くしてきたではありませんか。私も立場は違えど同じく陛下の元にお仕えしてきた身なれば……」

大神官の悲痛な声に、皇帝は首を横に振った。

「致し方あるまい。下手に生かしておいて、こちら側の不正が明らかになればそれこそ皇室は終わりだ。侍従長も皇室のために死ねるのであれば本望であろう」

皇帝のこの言葉に、大神官は言い知れぬ不安を覚えた。侍従長と同じだけ、大神官も露見すれば非常にマズい事案を抱えているからだ。それが露見した時、この皇帝は果たして助けてくれるのだろうか。

淡々と自分に斬首刑を言い渡す皇帝の顔が思い浮かんで、大神官は震えたままだった。

「皇后毒殺の件についても、せっかく素知らぬフリをしてやったというのに。こうなっては庇いようもない。まったく。イリスが聖女となった際、咄嗟《とっさ》にミーナに罪を押し付ける機会を与えてやったのに、もっと上手くやればよかったものを」

呆れたような皇帝の言い草に、大神官は侍従長を庇いたくなる。

「遅かれ早かれ皇后は戦争の邪魔になるので好きなようにさせよ、と仰ったのは陛下ではありませんか！」

「あの時は絶対的弱者のイリスが居たではないか！　どんな罪を押し付けようとも誰も庇う者などいない、打ってつけの女が！　侍従長がいいように利用できるよう、タランチュラン家を根絶やしにした際わざわざ生かしてやったというのに。まさかあの女が聖女になるとは！　そこから全てが狂った！」

皇帝が再び怒りの拳を机の上に振り下ろす。ダンッと鈍い音がして、辺り一面が散らばった書類やらインクやらで悲惨な状態となった。

「大公子暗殺の件は？　何故報告が上がってこないのだ？」

「暗殺者を送り込んでいるのですが、悉《ことごと》く返り討ちに遭い失敗に終わっています。あの者はどうやら相当の手練《てだ》れのようです」

「チッ……このままでは、何もかもが台無しではないか！　せめてイリスの……聖女の力が手に入れば。エドガーは何をしている？」

「……相変わらず、酒浸りとなり部屋にこもっておいでです」

ブツブツと血走った目で息子を罵《ののし》る皇帝は、最後にこう命じた。

「エドガーに伝えよ。何がなんでもイリスをものにしろと！　無理矢理だろうがなんだろうが構わん！　イリスを奪い、屈服させるのだっ！　さもなくば、皇太子の地位を剥奪し廃嫡するとなっ!!」

「し、しかし陛下……聖女様に対しそのように乱暴なことは……」

「今更イリスの心をどうこうするのを待っていては手遅れだ！　あのエドガーのノロマではイリスの心を取り戻すなど不可能。こうなれば体から奪い取るしかないではないか」

「そんな、陛下……それは流石に」

「私に逆らう気か？　そなたの悪事の数々を世間に公表しても良いのだぞ？」

「……ッ」

「分かったのならエドガーをなんとかしろ。あの優柔不断だからな、酒と例の薬でも飲ませれば早かろう。今日中に決行するのだ」

「……御意のままに」

その夜のこと。

『……リス、……イリス』

「ん……っ」

深い眠りについていたイリスは、夢の中で久しぶりにウサギの声を聞いた気がした。

『……イリス、寝ている場合ではない！　早く起きるのだ！』

ウサギのルビー色の瞳に急かされてハッと目を覚ましたイリスは、暗闇の中、自分を見下ろしている影に驚いて硬直する。

「だ、誰……!?」

窓の隙間から差し込んだ月に照らされ浮かび上がったその顔を見て、イリスは凍り付いた。

「エドガー……!!」

そこに居たのは、イリスが幼い頃から最も良く見てきた顔だった。

しかし、薄暗闇の中、無言で近寄ってくる皇太子エドガーの表情は、まるで別人であるかのようにイリスに馴染みのないものだった。

「何をする気……!?」

ベッドの上で後ずさったイリスを見下ろしながら、エドガーは酒臭い息を吐いた。

「お前が悪いんだ。俺を捨て、あんな男の元に行くなんて許さない。お前のせいで、俺にはもうあとがないっ」

「きゃっ！」

グイッと手を引かれたイリスは、その細腕でエドガーを押し退《の》けようとするも、ベッドの上に乗り上げてきた男の体はビクともしなかった。

「イリス……！　お前は俺のモノだっ！」

「嫌よ、やめてっ!!」

押さえ付けられたイリスは、恐怖に震えた。ギラついた目で自分を見下ろすエドガーが、幼い頃から知っているはずのその男が、全く別の、得体の知れない獣のように恐ろしく見えて仕方なかった。

至近距離で酒臭い息がイリスの頬を掠《かす》めていったその時、イリスはあまりの嫌悪感に堪らず叫んでいた。

「……――メフィスト！　助けて！」

叫んだイリスの頬を、エドガーが殴り付ける。

「馬鹿がっ！　聞こえるわけないだろうっ!?」

涙目になったイリスの胸ぐらを掴んで、エドガーはうっそりと笑った。

「そうだ。助けなんか来ない。俺だけを見ろ！　他の男を見るのも、呼ぶのも許さない。そのルビー眼は俺だけに向けられるべきものだ！」

「……ッ」

イリスのルビー眼が恐怖と嫌悪に濡れながらエドガーを睨み付けた。しかし、力の弱いイリスの上に乗り上げたエドガーは、イリスの蔑みと怯《おび》えの見え隠れするその瞳を見て、寧《むし》ろ喜んでいた。

「父上の言った通りだった。奪われるくらいなら、無理矢理にでも奪い返せばいい！」

酔っているのか、赤らめた顔で焦点が合っていないながらもエドガーの力は強い。引き摺《ず》られるようにして、イリスの細い体がエドガーに組み敷かれる。

「お前が俺の子を孕《はら》めば、全て元通りになるんだっ！　次期皇帝の座も、父上の期待も、お前の心も、優しかったミーナも、死んだ母上だって！　みんな、俺の元に戻って来るはずだっ！」

「な、何を、言っているの……？」

正気とは思えないエドガーの発言に、イリスの声はか細く震えた。言葉の通じない相手ほど怖いものはないのだと、この時イリスは初めて知った。

「大人しくすれば可愛がってやる」

声も出せないイリスに手を伸ばすエドガーの、不気味なほどに恍惚《こうこつ》とした顔を見上げたイリスは、恐怖と嫌悪感に吐き気がした。

「元から俺たちは、こうなる運命だっただろう？」

――――運命。その言葉でイリスが思い浮かべるのは、目の前の壊れた皇太子ではない。

運命の相手は自分で決めると豪語する、エメラルド色の瞳。

「私の運命は、あなたなんかじゃないっ！」

あの緑色を思い出すだけで震えが止まったイリスは、思い切りエドガーを蹴り上げた。

「くっ……この女っ！」

悶絶《もんぜつ》しながらもイリスの首に手を伸ばしたエドガーは次の瞬間、汚い悲鳴を上げながら真横に吹き飛んでいた。

「どこまでも見下げ果てた奴だ」

「メフィスト……！」

イリスの上からエドガーを吹き飛ばしたメフィストが、いつも浮かべている優しげな表情を失くし、燃えるように冷たい視線をエドガーに向けていた。

「悪いが、……怒りで加減できそうにない。せいぜい死なないように祈ってくれ」

血管を浮き上がらせたメフィストの両手から、炎が上がる。

バチバチと爆《は》ぜる火の粉がメフィストの怒りを表しているように舞い上がり、熱い火花を散らせながらメフィストは吹き飛んだエドガーの元へゆっくりと歩き出した。

「やめっ……！」

先ほどの衝撃で腰を抜かしたエドガーは、立ち上がることもできずに地べたを這《は》って逃げようとした。

「俺が悪かった！　助け……ッ」

恐怖に慄《おのの》いたエドガーが命乞いする間もなく、メフィストは烈火の如く燃え上がる拳でエドガーを殴り飛ばした。

「ぐあっ！！！」

頬にくっきりと火傷の跡をつけながら、殴り飛ばされたエドガーが壁にぶつかり潰れるように床に沈む。すかさずメフィストが二発目をお見舞いすると、恐怖からか、痛みからか、エドガーは白目を剥いて口から泡を吹いた状態で意識を失った。

その顔はメフィストの拳により醜く腫《は》れ上がって、元の整った顔立ちは見る影もなかった。

「メフィスト……！」

「……イリス！」

なおも怒りの熱が収まらないのか火花を散らすメフィストに、イリスが呼びかけると。怒気を霧散させたメフィストはベッドに駆け寄り、震える手でイリスを抱き締めた。

「……無事か？」

「ええ。来てくれてありがとう……」

イリスもまた、メフィストの体に手を回し思い切り抱き締め返した。暫くそうしてお互いの存在を確かめ合っていた2人は、駆け付けてくる衛兵の騒がしい足音に体を離した。

寝衣姿の乱れたイリスにメフィストが自らの上着を掛けていると、真っ先に飛び込んで来た皇帝が焼き切れた扉や床に転がったエドガーと無傷のメフィストを見て態《わざ》とらしく叫ぶ。

「これはっ……一体何があったのだ!?　エドガー!?　皇太子エドガーが暴行を受けた！　犯人はサタンフォードの大公子だ！　サタンフォード大公子を捕らえよ！」

「お待ちなさい！」

衛兵が戸惑いつつも動き出そうとしたところで、イリスが声を張り上げる。

「皇太子エドガーは、私の寝込みを襲い、あろうことか無理矢理手篭《てご》めにしようとしたのです」

イリスのこの言葉に、衛兵の後ろから覗き込んでいた使用人の女性陣が息を呑んだ。男性陣も眉を顰《ひそ》めてエドガーを見る。

「聖女である私に危害を加えようとしただけで十分な罪になるというのに、エドガーの行為はどこまでも下劣で野蛮です。メフィスト様はそんなエドガーから私を護ってくださっただけ。メフィスト様を拘束することは、この私が許しません」

辱めを受けそうになったことを堂々と宣言したイリスに、床に転がった皇太子へ侮蔑のこもった視線が向かう。

この状況に奥歯を噛み締めた皇帝は、諫《いさ》めるような表情をイリスに向けた。

「……イリス。エドガーにもエドガーの言い分があろう。それを聞かず、聖女であるそなたが、隣国の大公子ばかりを贔屓《ひいき》するのは如何なものか」

「そこまでになさいませ」

イリスが反論しようと口を開く前に、力強い声が響いた。

夜分にもかかわらず、堂々とした足取りで廊下を颯爽《さっそう》と進みやって来たその人の姿を見て、皇帝が目を見開く。

「何故……何故そなたがここに……⁉」

皇帝の前で堂々と歩みを止め咳払いしたその人は、この国の宰相、ルフランチェ侯爵だった。

「宰相、何故そなたがここにいるのだ!? そなたは蟄居中のはずであろう!」

皇帝が声を震わせると、宰相はゆったりとした所作で懐から書状を取り出した。

「皇后陛下が崩御され、皇太子殿下は執務を投げ出し、侍従長が失脚した……これらの事由により皇宮の管理及び政務の停滞を危惧した帝国議会から、正式に私を宰相職に復帰させるとの命をいただきました」

「なんだと!? 私はそのようなことを許可した覚えはない!」

激怒した皇帝へと、宰相は告げた。

「確かにこの書状にあるのは、皇帝陛下ではなく聖女イリス様の署名でございます」

宰相が掲げた書状を見て、皇帝がワナワナと震え出す。

「皇帝である私を無視し、勝手に議会を動かしたというのか!?」

唾を飛ばす皇帝へ、イリスはただただ微笑んだ。

「帝国法には、皇帝の他に聖女にも議会の決定権を与える、とありますわ。私は自らの権利を行使したまでです」

サタンフォードを失った百年前から、国力が急激に衰退の一途を辿る帝国では、権威を失いつつある皇室とは裏腹に、唯一国の衰退を防いでくれる救国の聖女への過度な信仰が増大した。

その過程で聖女がさまざまな特権を持つようになり、実際には歴代の聖女の中で行使する者は殆どいなかったとはいえ、気付けば聖女は皇帝と同等の権力を有するまでになっていた。

皇室、取り分け直系の皇族が聖女との婚姻を望むのは、聖女を味方につければ政権が安定する一方で、聖女を敵に回せば政権が二分し、ともすれば国民に絶大な人気を誇る聖女に最高権力者の座を取って代わられてしまう可能性があったからだった。

そして現在の帝国は、かつてないほどに国力の低下が激しく、西部から始まった砂漠化は帝都のすぐ近郊まで広がっていた。

そのような状況下で聖女を排除すれば国が滅びる危険性まである中で、皇帝が聖女であったミーナと皇太子エドガーの婚姻を通して実質的にも政治的にも、聖女の力を皇室の手に収めようとしたのは必然のことだった。

それが、ミーナとエドガーの婚姻直後にイリスが聖女になったことで、全ての計画は水の泡と消えてしまった。皇帝に残された道は、なんとしても聖女イリスを自分側につけることだけだった。

しかし、エドガーを使いイリスに皇室の子種を押し付け無理矢理皇太子妃にしようとした企みが今まさに失敗に終わり、聖女との真っ向からの対立という絶望的な状況に追い込まれていた。

そんな中で、帝国内では誰もが一目置く存在であり、人望とその政治的手腕によって議会を陰で動かすような、皇帝にとっては目障りで仕方ない相手だった宰相が復帰するとなれば、皇帝側は更に不利な状況になる。

「して、話を戻しましょう、陛下。いくら皇太子殿下と言えど、聖女様を辱めようとするなどエドガー殿下には高貴なる血を引く者の自覚がおありなのか甚だ疑問です」

ズバリ言い切った宰相は、更に続けた。

「真相を追及し、場合によっては皇太子殿下の廃太子を求めたいところですが、殿下があのような状態では尋問も難しいでしょう。よって、殿下の回復までにその身柄を一時的に拘束するのが宜しいかと」

「何をっ、」

「どちらにしろ殿下には治療が必要です。お連れしろ」

言い淀《よど》む皇帝を押し切る形で、宰相は気絶したエドガーを連行させた。

「それにしても陛下。聖女様の異変に真っ先に駆け付けるとは、それだけ聖女様を気にかけておいでなのですな。陛下の居室と聖女様のお部屋は随分と距離があるはずですが。まるで待ち構えていたようではありませんか。それとも何か、気がかりなことでもあり偶然こちらに居合わせたのですかな？」

宰相が不思議そうに問うと、苦々しげな皇帝を庇うように大神官が前に立った。

「皇帝陛下は常に聖女様の安寧に気を配られております。ご心配なさり有事の時に駆け付けるのは当然のこと」

「これはこれは、大神官猊下。神殿にいるはずの貴方が、このような夜分遅くに皇宮に何用でいらしたのでしょうか」

「そ、それはっ」

目敏《めざと》く指摘した宰相は、声を詰まらせた大神官と皇帝を交互に見ながら更に追及する。

「そもそもが、聖女様のお部屋に不届き者が侵入できた状況が異常です。護衛は何をしていたのか」

宰相に目を向けられた衛兵は、互いに目を見合わせて気まずげに俯いた。

「どうやら、皇宮の管理が行き届いていないようだ。侍従長の不在が原因であれば、今後は侍従長の行っていた職務を担う者が必要になりましょうな。私の息子でしたらまだまだ未熟ですが、十分に務めを果たせます」

「な、何を言う！　宰相、先ほどから勝手に話を進めてもらっては困る！　侍従長の後釜《あとがま》はこちらで用意をする予定だ！」

「ほう。それは大変結構でございます。しかしながら、聖女様が襲われるような事態を放置するわけには参りません。後任が決まるまで、一時的にでも代理を立てるべきでしょう」

「くっ……先ほどから我らのことをとやかく言う前に、そなたは何故このような夜更けに皇宮へ来たのだ!?」

苦し紛れながらも突然登場した宰相へ皇帝が指を差すと、宰相は淡々と経緯を語った。

「実は私宛に告発がありました。皇太子殿下のご様子がおかしく、聖女様に危害を加える危険性があると。まさか本当にそのような事態になるとは思いもよりませんでしたが、知らせを受けすぐにでも駆け付け正解でございましたな」

「な、なんだと？　誰がそのような……」

「詳細は皇太子殿下の調査と共にご報告致します。それとも、陛下にも何かお心当たりがおありでしたか？」

「……っ、そういうわけではない！　私は何も知らん。夜も遅い。聖女が無事なら何よりだ」

そうして逃げるように去って行った皇帝と大神官の背を見送り、宰相が改めてイリスへと向き直った。

「イリス」

「おじ様……」

宰相として長年国のために身を尽くしてきたルフランチェ侯爵は、イリスの父であるタランチュラン公爵の師でもあった。剣術も学問も、その全てを弟子であるタランチュラン公爵に授けた剣豪にして博識な強者。そんな宰相がイリスを見て目を潤ませる。

「すまなかった。イリス、そなたを救ってやれず……」

「いいのです。宰相の立場では、反逆者の娘にして皇后毒殺の犯人とされた私を助けることなどできるはずがありませんわ」

弟子であるタランチュラン公爵が反乱を起こした責任を取り、師であった宰相は蟄居を命じられ、ずっと領地の屋敷の一室に閉じこもり続けていたのだ。

「久しぶりだな、ルフランチェ侯爵」

「大公子殿下。ご無沙汰しております」

イリスの隣にいたメフィストが声をかけると、宰相は嬉しそうに頭を下げた。宰相の家門であるルフランチェ家は、その昔サタンフォード大公国の初代大公妃を輩出した家門であり、現在の帝国において、サタンフォードとの外交の要でもあった。それもまた、皇帝が宰相を疎ましく思いつつも排除しきれない理由の一つだった。

一頻《ひとしき》り再会の挨拶を交わしたところで、宰相は声を落としてイリスに告げた。

「実は私は、蟄居中ただただジッと閉じこもっていたわけではない。皇宮や神殿、あらゆる所にいる私の協力者を使い、我が弟子アーノルド……そなたの父、タランチュラン公爵の反逆の真相について調べていた」

「お父様の反逆について……ですか？」

「……実はな、イリス。あやつの反乱やタランチュラン家の処刑については非常に不可解な点が多いのだ」

「…………!?」

宰相の言葉を聞いてルビー眼を見開いたイリスは、そっと隣にあったメフィストの手を握り締めた。

第五章　反逆の真相

　翌日、改めて宰相の元を訪れたイリスとメフィストは、既に執務を再開し山のような書類を処理している宰相から、タランチュラン公爵の反逆の件について話を聞いていた。

「そもそも、アーノルドが……あの聡明な男が、反逆を企てようなどと。そこからおかしいではないか。忠臣として名高いタランチュランは、陛下を諫める時に剣を持つことなどはせぬ。言葉を尽くし、身命を賭《と》して主君を諫めるのだ」

　悔しげな宰相に、イリスは同意しつつも当時の父の様子を思い出しながら俯いた。

「ですが、父が確かに自ら反逆を企てたのは事実です。私はこの目でハッキリと謀反の計画を立てる父を見ました。それどころか……今思えばあの頃の父はとにかく冷静さを欠いていて、止めようとした私たち家族にさえも攻撃的な態度を取っていました」

「……アーノルドの様子がおかしくなったのは、いつからだった？」

「皇室から私とエドガーの婚約破棄の打診があった頃からです。あまりにも一方的な言い分でしたので、父だけでなく家門全体が憤慨しておりました。……でも、確かにいつもの父でしたら、憤る前に言葉を尽くして陛下を説得したはずです」

顔を歪めるイリスを見て、宰相は気遣《きづか》うように問いかけた。

「当時を思い出すのはつらくないか？　そなたは監禁されていたと聞いたが？」

「……はい。今まではつらいからとあまり思い出さないようにしてきました。ですが、やはり変ですわ。あの冷静な父が、どうしてあんなことをしでかしたのか。お母様も最後まで嘆いていた。……教えてください。父に、一体何があったんでしょうか」

それを聞いた宰相は、ルビー眼を得て新たな聖女となったイリスの姿を改めて見た。凛とした気品はそのままに、今のイリスには芯の通った強さと自信が見て取れた。そしてその隣には、静かに話を聞きつつイリスの手を握るメフィストがいる。

宰相は一つ頷くと、棚の奥から何かを取り出した。

「どこまでを話すべきか、悩んでいたが。そなたは聡明であり強い。そして支えとなる者もいる。私が調べた全てと、考察を話そう。……これは、崩壊した公爵邸の焼け跡から見付けたものだ。奇跡的に中身が残っていた。見覚えはあるか？」

見慣れたワインボトルに、イリスはすかさず答える。

「父の好きだった銘柄です」

「うむ。アーノルドが好んで飲んでいたのを、私も覚えている。しかし調べた結果、このワインの中には……ここ数年帝都を中心に出回っている幻覚剤が仕込んであった」

「…………っ！」

息を呑んだイリスへと、宰相は後悔を滲ませた眼差しを向けた。

「おそらくアーノルドは……タランチュラン公爵は、嵌められたのだ。幻覚剤によって感情的になり正常な判断がつかない中で皇室に対する不信感を煽《あお》られ、正気を失い、わけも分からず反逆を誘発された。そして、その剣の切っ先が皇室に向いた途端……捕らえられ殺されてしまった」

「そんな……」

イリスは震える手でメフィストの手を握り直した。メフィストもまた、応えるようにイリスの手を強く握る。

「だがな、イリスよ。これだけではないのだ。アーノルドが反乱を起こしたというのは、もしかしたら皇室側の捏造《ねつぞう》であったかも知れぬのだ」

「！　それは、どういうことですか？　父は……お父様は、反乱を起こしていないと……？」

「兵を集めていたのは事実だ。無論それだけでも罪だが、しかし。アーノルドが本気で攻め込もうと思えば、今の脆弱な皇室など敵ではなかろう。それがほぼ無傷だったとあれば、アーノルドが直前で思い直し、剣を収めていた可能性が高い」

「……イリス……」

思いもよらなかった話に気が遠くなったイリスを引き戻してくれたのは、メフィストの声だった。

「……では、それでは何故、私の家族は……お父様だけでなくお母様や弟まで……私があの時、呑気《のんき》にも眠りに就いていたばかりに……」

メフィストに身を寄せながら、イリスが声を震わせた。

「今はまだ、調査を進めている中で見えてきた仮説に過ぎぬ。だが、アーノルドは逆賊の汚名を着せられただけの可能性がある。また、そなたが5日間も皇宮で眠りに就いていたことも尋常ではない。何かしらの皇室の介入があったと考えざるを得ん」

信じられないような話にイリスは絶句した。

「更に……昨夜身柄を拘束したエドガー殿下だが。殿下がいくら粗野と言えど、あのお方があのような蛮行に及ぶとは考えられない。何せ優柔不断な方だ。殿下にそのような度胸があったのなら、最初からこのようなことにはなっておらんからな」

「宰相、それはつまり……」

イリスを気遣いながら視線で問いかけるメフィストに、宰相は声を潜めた。

「うむ。詳しくは調査中ですが……おそらくエドガー殿下にも、幻覚剤が投与されたのでしょうな。治療中、殿下の様子にその痕跡が見られました」

と、そこへノックが響き、宰相の部下が血相を変えて入って来た。

「宰相閣下、急ぎの報告でございます。宜しいでしょうか」

「申せ」

次に発せられた部下の言葉に、宰相だけでなくイリスとメフィストも驚愕した。

「地下の牢獄より、処刑を控えた侍従長が亡くなっている……と報告がありました」

◆◇◆◇◆

イリスとメフィストが宰相の元を訪れた時から遡り、夜明け間近のこと。皇帝と大神官は、地下の牢獄に来ていた。

薄暗く湿った、カビ臭い牢獄の奥には、窶れた様子の侍従長が囚われていた。

「陛下！　来てくださると信じておりました！」

格子に張り付き、皇帝に手を伸ばす侍従長は既に処刑の決まった身。皇帝は侍従長を救う気など露ほどもなかった。

「そなたは長年私に尽くしてくれたな」

皇帝が微笑めば、侍従長は顔を明るくして何度も頷いた。

「はっ。ありがたきお言葉にございます。仰る通り私はこの人生を陛下のために捧げて参りました」

声を弾ませ、目の前の皇帝が自分を助けてくれると信じて疑わない侍従長は、皇帝に近寄ろうと格子のすぐ側まで来た。

そんな侍従長に、皇帝もまた一歩近寄る。

「侍従長よ。そなたに言うことがある。……実は、皇宮に宰相が戻った。そなたの犯した悪事の数々について、直《じき》に全てが露見しよう」

「……!?」

ずぶり。と、嫌な音を耳にした侍従長は、己の腹を見た。そこからは短剣が飛び出していて、ドクドクと血が流れ、焼けるような痛みが侍従長の思考を奪う。

「へ、陛下……何故っ」

「万が一にでも、そなたから全てが露見すれば私の立場が危うくなる。処刑の前にそなたがうっかり私のことを白状しないとも限らないであろう？　聖女と宰相が手を組んだ今、私も必死なのだ。潔く罪を被り死んでくれ」

「……グハッ」

倒れた侍従長を見据えた皇帝は、汚れを落とすように手を叩いて踵《きびす》を返した。

「大神官、後始末は任せたぞ」

何事もなかったかのように牢獄をあとにした皇帝を見送って、大神官は檻越しに血を流す侍従長の側に跪《ひざまず》いた。

「……これで少しは楽に逝《い》けるはずだ」

懐から出した小瓶を侍従長に渡そうとした大神官の手首を、血に濡れた侍従長の手が掴む。

「大神官よ、貴様が……私のように、ならないっ、保証……はあると、思うか？」

その言葉に、大神官がギクリと固まった。

「陛下は……何の、躊躇いも、なくっ……貴様をも、切り捨てるであろうっ！」

大神官の怯えた顔を見て満足したのか、侍従長はその手から小瓶を奪い取り、最後の力を振り絞って一気に瓶の中身を仰ぐ。

「貴様も私と同じように後悔するがいい」

そうして侍従長は、懐に隠し持っていたロケットペンダントを大神官に投げ付けた。

「これは……！　これをどこで⁉」

ロケットペンダントを見下ろした大神官は、驚愕に目を見開き全身を震わせて、死にゆく侍従長に問いかけた。

しかし、大神官の驚愕の問いに答えることなく、侍従長は苦悶に歪んだ顔を徐々に穏やかにさせ、血溜まりの中で息を引き取った。

その様子を凝視していた大神官は、ただただ茫然と放心し、冷たくなっていく盟友を見続けていたのだった。

◆◇◆◇◆

「どうやら、長らく表舞台から離れ過ぎていたらしい。私も耄碌《もうろく》したものだ」

侍従長の遺体が運ばれたあとの牢獄にて、宰相は額を押さえていた。

「侍従長の死因はなんだったのです？」

血の匂いの残る中でイリスが問うと、宰相は首を横に振った。

「……私の手の者が駆け付けた時には、既に自死として処理されていたようだ。皇宮に戻ったばかりの隙をつかれた。警備の入れ替えを行う前にこのような事態になるとは。おそらくは、陛下の差金《さしがね》であろうが……」

「遺体の検分はどうなっている？」

メフィストの問いにも、宰相は苦々しげに首を振る。

「口惜しいことに、死因は明らかなため必要ないと処理されたようです」

「皇帝は余程《よほど》侍従長を始末したかったようだな。宰相の手が回る前に何よりも侍従長の始末を急いだということは……侍従長は皇后毒殺と横領以外にも皇帝の不利になるような秘密を抱えていたということか」

考え込むメフィストを見て、宰相は少し間をおいたあと、意を決したように口を開いた。

「……メフィスト殿下の前で言うのは気が引けますが……帝国議会にて、私が不在の間に侍従長を通し貴族議員へ打診があったそうです。近々陛下が発案する、サタンフォードへの侵略戦争を可決させるように……と」

「……なに!?」

「戦争を!? それも、不敗の軍を持つサタンフォード相手に？ 今の帝国では勝ち目はないですわよね？ 何を考えているというの。帝国を滅ぼす気……？」

イリスが頭を抱えれば、メフィストも黒手袋の手を口元に当て考え込んだ。

「無論、議会の大半は勝ち目のない戦争に反対していた。しかし、侍従長を通して賄賂や脅迫を行い、聖女であったミーナの聖力による治癒などを利用して少しずつ議会が掌握され、イリスが聖女となる寸前には、ほぼ可決可能な状態になっていたようだ」

「聖女である私に高位貴族が治療の対価を気にしていたのは、そういうことだったのね」

「皇帝は、勝算があって戦争を推し進めようとしているのか？」

「それは……陛下が何を考えているのかは分かりませんが、現在の帝国にサタンフォードを侵略するほどの軍事力がないのは事実です。そんなことをすれば返り討ちに遭うのは目に見えています。更には一方的な侵略行為となれば、周辺諸国からの非難も免れないでしょうな」

「……玉砕覚悟でサタンフォードに攻め込む気なのだとしたら、皇帝は帝国を破滅に導こうとする暗君と言える。いっそのこと皇帝の資質を問い、皇帝位を剥奪する政変を起こせないだろうか」

「そうよね。帝国法に定めがあるわ。国家元首たる皇帝がその務めを果たせないと判断された場合、新たな元首が即位し議会を動かすことができるって」

イリスとメフィストのやり取りを聞いていた宰相は、思索しつつも重い溜息を吐いた。

「……しかし、陛下はあれでいて、なかなかに抜け目がない。思えば御子がたった一人しかおらず、他の皇族を排除したのも、エドガー殿下を甘やかして育てたのも、陛下の策略のうちかもしれぬ。皇族が2人となった今、いずれ必ず皇帝位を受け継ぐことが決まっている皇太子エドガー殿下が陛下へ反旗を翻《ひるがえ》す可能性は限りなく低い。正当な皇族を旗印に立てぬまま起こした反乱では、成功したとしても逆賊の汚名は拭いきれぬ」

宰相の言葉に、頭の中で帝国史を辿ったイリスが顔を顰《しか》める。

「確かに……これまで、帝国の歴史の中で政変は数多くあったわ。でも、それはあくまで皇族の中での話ですもの。皇族が途絶えたことは一度もない。その事実だけでも皇族が国民に神格視されるには十分よ。その血筋を断つ、となれば……一時は良くても、のちの世で思いもよらない軋轢《あつれき》を生むことになるかもしれないわ」

イリスの言葉に頷いた宰相は、通路を行ったり来たりしながら思考を巡らせた。

「今後、戦争を推し進めようとする皇帝側との政争が激化することになろう。議会も主要貴族もこちらの手にあるが、我々には旗印となる皇位継承権者がいない。イリス。聖女であるそなたをもってしても、これればかりは皇族の権威の問題だ。かと言ってあの愚鈍なエドガー殿下を新皇帝として立てるのはあまりにも浅慮。どうしたものか……」

そこでふと、イリスは神を名乗る赤い眼のウサギを思い出した。

「……神殿を味方につけるのはどう？」

イリスの呟きを拾ったメフィストと宰相は、顔を上げた。

「神殿を味方に？」

「なるほど。大神官をはじめとして、今の神殿は腐敗している。が、国民の根強い信仰で成り立つ神殿はそれでも尚一定の権威を有している。そして今や神殿は、陛下の強大な支持基盤。それを崩し味方にすれば、こちらの正当性に説得力が増すであろうな」

「だが、その長である大神官があの様子では、望みは薄いんじゃないか？」

「メフィストの言う通りね。……おじ様。誰か、神殿の高位神官の中で大神官に歯向かえるような信念と強さを持った方はいないかしら？」

問われた宰相は、顎を触りながら思案したのち、イリスを見た。

「それならば……一人だけ、心当たりがある。現在の神殿で最も善良な心を持つと言われるベンジャミン神官ならば、話をする価値があるだろう」

「ベンジャミン神官……？」

「彼は西部地域から帰ってきたばかりでな。そして、大神官の動きが怪しく、皇太子との接触があったのですぐに皇宮に戻るよう私に秘密裏に連絡を寄越した者でもある。少し気難しいところがある男だが、敬虔《けいけん》でもあるので、聖女であるそなたの話であれば耳を傾けるはずだ。会ってみるか？」

「ぜひお願いしたいですわ」

「では、準備させせよう」

「すぐに神殿に向かいます。ベンジャミン神官と早急にお話するわ。……あの、メフィスト。あなたもついてきてくれる？」

「勿論。君が行くところなら何処へでも一緒に行くよ」

エドガーに襲われてからというもの、イリスは口にはしないがメフィストの側を離れるのが不安だった。

メフィストは決して自分を傷付けず、護ってくれる存在であると認識しているからこそそのこの安心感に、イリスは戸惑いと恥ずかしさを感じながらも彼に頼ってしまう。そしてそんなイリスを甘く見つめるメフィスト。仲睦まじい様子の2人を宰相は微笑ましげに眺めていたが、見つめ合いが長引きそうだったので、咳払いで急かした。

「オホン、コホン」

こうしてイリスとメフィストは、神殿へと向かったのだった。

◆◇◆◇◆

「……聖女様とサタンフォードの大公子殿下がお呼びと伺い参りました。しがない神官の一人でしかない私に、何用でしょうか」

イリスとメフィストが初めて会った神官ベンジャミンは、いたって普通の男だった。

「宰相閣下に伺いましたの。あなたは神殿の中で最も善良な心を持っていらっしゃる神官だと。ぜひ私たちの話を聞いていただけないかしら」

「………………」

「ベンジャミン神官？」

何も言わない彼に不安になり問いかけたイリスへ向けて、ベンジャミンは唐突に跪いた。

「聖女様が西部のラナークに雨を降らせてくださったお陰で、数多くの命が救われました。その奇跡は領民の心の支えとなっております。幸運にもお会いできた際には、感謝を述べたいとずっと思っておりました。本当にありがとうございました」

深々と頭を下げられて戸惑いつつも、イリスはメフィストと目を見合わせて咳払いをした。

「そ、そうですか。それは何よりでしたわ。私の力がお役に立てたのならば、それ以上の喜びはありません。あの、どうかお顔を上げてくださいませ？」

それでも頑なに頭を下げ続けるベンジャミンに、見兼ねたメフィストが声をかけた。

「イリスに感謝していると言うのなら、我々の話を聞いていただけないだろうか」

「……聖女様のお望みとあれば」

メフィストの言葉に漸く顔を上げたベンジャミンへ、イリスは改めて話を始めた。

「宰相閣下が一目置くあなたを見込んでお話しします。今この時も、皇帝陛下はサタンフォード大公国との戦争を考えておいでです。しかし、衰退を続ける帝国に勝ち目はありません。このままでは、国が滅びかねない危機に陥ります。私は聖女としてこの事態を打開すべく、宰相閣下と、ここにいらっしゃるサタンフォード大公国のメフィスト大公子殿下と共に、皇帝陛下へ廃位を求めたいと思っています」

イリスの言葉を引き継いだメフィストが、サタンフォード側の大公子として話し出す。

「我々サタンフォードは、帝国と和解し平和的に帰属する用意がある。しかし、一方的な奪略《だつりゃく》に屈するつもりはない。帝国が戦争を仕掛けてくれば、自国民の生活を守るために徹底的に応戦するだろう。そうならないよう、なんとしても戦争を推し進めようとする皇帝の思惑を阻止する必要がある」

立ち上がったイリスは、眉間に皺《しわ》を寄せるベンジャミンへとルビー眼を向ける。

「皇帝陛下の支持基盤となっている神殿は、今やその機能を保てているのでしょうか」

イリスに続きメフィストも、そのエメラルド色の瞳に真剣さを乗せてベンジャミンを見た。

「腐敗した大神官や高位神官を排斥し、貴殿が新たな大神官となって我々に協力する気はないだろうか」

ここまで黙して聞いていた神官ベンジャミンは、イリスとメフィストに向かって複雑な顔をする。

「確かに。現在の神殿の在り方は、正常ではありません。しかし、私は他者から無理矢理何かを奪おうとは思いません。相手が誰であれ、その者から何もかもを簒奪《さんだつ》していいことにはならないのです」

暗に大神官からその座を奪う気はないと言うベンジャミンへ、イリスは尚も畳みかけた。

「あなたは西部で飢えと渇きに苦しむ人々を見たはずですわ。他にも、帝国のあちこちで砂漠が増え、困窮している人が大勢いる。それを助けられるチャンスなのです。サタンフォードを奪うのではなくて、平和的に統合すれば、苦しむ人たちが救われます。あなたがあなたの信念を持つのは悪いことではありませんが、それを捨て立ち上がることによって救われる命があるのです」

ジッと黙考するベンジャミンへ、イリスは最後にルビー眼を向けた。

「ベンジャミン神官。どうか、あなたの力を貸してちょうだい」

正面からそのルビー眼を見たベンジャミンは、気まずげに視線を逸らした。

「……仰ることは私にも分かります。ですが、少し考える時間をくださいませんか。今の私には……お二方の信頼に応えられるだけの度量も資格もないのです」

ベンジャミンの言葉を受けたイリスとメフィストは、そっと目を見合わせた。

「それは……何か事情がおありということかしら？」

イリスの問いに少なからず言い淀んだベンジャミンは、息を吐くと小さな声でこう漏らした。

「私は神官として期待されて西部のラナーク領に派遣されましたが、何一つ役に立つことができませんでした。未熟な私が聖女様のお力になれるとは、到底思えません」

ベンジャミンは、西部で痛感した己の無力さ、至らなさを思い出し拳を握り締めた。水を一口望む幼子の願いすら叶えられない自分に、聖女であるイリスへ協力する資格などないと思っていた。

「ベンジャミン神官が、宰相閣下に連絡をしてくださったと伺いました。エドガー殿下の暴挙には驚きましたが、お陰様で宰相閣下が駆け付けてくださったので大事に至らず済みました。あなたはいつも正しいことをしようとなさっているわ」

イリスの穏やかな声には、聖女らしい慈悲の響きがあった。

「いえ、私は……こちらに戻ってからというもの、大神官猊下の動向に違和感を覚え注視していたのです。皇太子殿下に不穏なお話をしているところをたまたま目撃してしまい、宰相閣下に相談しただけです。私が実際に何かをしたわけでは……」

恐縮するベンジャミンを見て、イリスはルビー眼を細める。

「それでも私は救われました。あなたは役立たずなんかではないわ。それだけは分かってください」

「……聖女様」

「今日のところは引き下がりますが、今一度考えていただけますか？」

真っ直ぐなルビー眼を向けられたベンジャミンは、逡巡《じゅんじゅん》のあとに頷いた。

「はい。なるべく早くお答えを出したいと思います」

大きく頷きを返したイリスは、神殿の壁画に描かれているウサギへと目を向けた。真っ白な毛並みと、紅い眼。夢の中で会ったあのウサギそのものの姿。そして、その周囲にはメフィストの手にある呪詛紋と似た古代文字。

「ところでベンジャミン神官、お聞きしても宜しいかしら？　あのウサギは……神のお遣いですよね？」

「神のお遣い、若しくは神自身が下界に降りる際の仮初《かりそめ》のお姿、とも言われております。百年前に現れた最初の聖女様は、ウサギに導かれて聖なる力を得たそうです。あの壁画は建国時に描かれたものだと伝わっておりますが、やはり白い毛並みと紅い眼を持ったウサギが描かれています。神と関係があるのは間違いないでしょう」

「……聖女のルビー眼は、あのウサギの紅い眼に関係がある、と聞いたことがありますわ」

「古い伝承ですが、良くご存じですね。左様でございます。神に見染められた印として発現するルビー眼は、確かにあのウサギの眼の力を分け与えられた証拠と言われております。……百年前まで、紅い眼を持つ選ばれし者の代名詞と言えば、サタンフォード大公でしたが」

そこで一度、ベンジャミンはメフィストに目を向けた。

「サタンフォード大公国が独立すると同時に、その伝統もなくなりました」

それを聞いて幾分か驚いたように、メフィストがベンジャミンに問いかけた。

「独立以前の歴代のサタンフォード大公は、紅い眼をしていたのか？」

「はい。神殿の記録にはそうあります。ルビー眼のような煌めきはなかったようですが、血のように深い紅が特徴だったと」

「…………」

「メフィスト？　どうかしたの？」

「いや。少し気になってね。……ベンジャミン神官、それは、大公国独立時の初代大公の瞳も紅色だったということだろうか」

「ええ。記録では、百年前のルシフェル・サタンフォード大公殿下も歴代のサタンフォード大公と同様に紅い眼をしていたとあります」

「そうか……」

イリスは、考え込むメフィストが気になりその端正な横顔を見つめていたが、イリスの視線に気付いたメフィストは優しく表情を崩した。

「すまない。話が長くなってしまったな。そろそろ帰ろうか」

「ええ。そうね」

メフィストの瞳の奥には、まだ何か引っかかるものがあるようだが、イリスは敢えてそれには触れず、ベンジャミンに退室の意を伝えた。

来た時と同じように静かに神殿をあとにしようとしたイリスとメフィストは、人通りの少ない通路をベンジャミンに案内されながら進んだ。

回廊を渡る途中、イリスはふと、花の香りを感じて外に目を向ける。

「……ベンジャミン神官、ここはナールシュを栽培している畑ですか？」

白い花弁の真ん中に赤い蕊《ずい》が愛らしい花、ナールシュの咲き乱れる庭を見ながら、イリスはベンジャミンに問いかけた。

「はい。神殿でのみ作られる痛み止めの秘薬は、この花を摘み花弁を煎《せん》じて作られます。怪我人や病人を癒やす神殿においては、伝統的に栽培されてきました。私がラナーク領にいる間に随分と畑の規模が大きくなりましたが」

それほど苦しむ人々が多くなっているのだろうと胸を痛めるベンジャミンの横で、イリスはジッと可憐な花を見つめていた。

「イリス？　どうしたんだ？」

イリスの様子に気が付いたメフィストがそっと囁くと、イリスは難しい顔をメフィストに向けた。

「……少しね、おかしいと思って。ベンジャミン神官、秘薬に使われるのはこのナールシュの花弁なのですよね？」

問われたベンジャミンは、戸惑いながらも慎重に頷いた。

「ええ、そうですが……」

ベンジャミンの答えを聞いたイリスは、顎に手を当て考え込んだ。そして隣のメフィストを見ると、思い付いたように目を瞬かせる。

「カッシーナの詩集の終盤、サイルガスカルの章よ！」

「南方の島々の話か？」

すぐに理解してくれるメフィストに胸をときめかせながら、イリスはメフィストの黒手袋の手を取った。

「そう！　その章でこんな一節があったわ。『月夜のコリカイン、葉は薬に実は毒に』」

「ああ。南方に自生するコリカインは、葉は鎮痛薬になるがその実は……ちょっと待て」

イリスの言いたいことを理解したメフィストは、改めて目の前のナールシュ畑を見た。

咲き乱れる花は、どれもが開き切り、花としては終わりが近い状態だった。中には花弁が落ちて実を付け始めているものまである。

「秘薬に使うのが花弁なら、花が開き切る前か遅くとも開き切った状態で収穫するはず。こんなになるまで放っておくのはおかしいわ」

「……」

「ど、どういうことでしょうか？」

2人の会話を聞いていたベンジャミンが焦ったように問いかけると、イリスは煌めくルビー眼を神官へと向けた。

「ナールシュと同じように、葉が鎮痛薬の材料になる植物コリカインの実は、効果が強過ぎて幻覚を引き起こす毒になるのです」

「毒⁉」

「依存性も高く、南方の国々では規制の対象にまでなっている植物です。ナールシュの花がコリカインの葉と同じ鎮痛成分を含んでいるとしたら。その実はコリカインと同じく毒となる可能性もあります」

イリスがそう言うと、隣に立つメフィストも口を開いた。

「この畑を見る限り、花よりも実の方を収穫しようとしているように見受けられる。ベンジャミン神官、秘薬の製造は誰が行っているのだろうか？」

2人の口から想像だにしなかった話を聞かされたベンジャミンは、驚愕の瞳をナールシュに向けながら答えた。

「……大神官猊下です」

目を合わせたイリスとメフィストは、同じことを考えていた。

「ベンジャミン神官、ここ最近、帝都を中心に出所不明の幻覚剤が出回っているのをご存じですか？」

「それは……存じ上げておりますが、……まさか……」

「宰相閣下のお話ですと、私の父が反逆を企てたのはその幻覚剤を盛られたことが原因だったそうです。そして、私を襲った皇太子殿下にも幻覚剤を使用された痕跡があったとか。……皇帝陛下やその周囲の方が幻覚剤を多用しているのは間違いありません」

イリスの言わんとしていることが分かったベンジャミンは、真っ青な顔で震えながら花畑を見つめていた。大神官は言わずと知れた皇帝の側近の一人なのだ。

「つまり、イリス様が仰りたいのは……この神殿から、幻覚剤が作り出されていると……？それも、大神官猊下が率先して製造し、悪用されていると……？」

「可能性は高いです。一度、ナールシュの実を調査すべきです」

聖女であるイリスのルビー眼の輝きに圧倒されたベンジャミンは、グッと拳を握り締めて頷いたのだった。

「イリス、そなたの見立ては当たっていた」

イリスが神殿から持ち帰ったナールシュの実を見つめながら、宰相は重々しい口を開いた。

「部下に分析させたところ、帝都に出回る幻覚剤と同じ成分が、この実から検出された。この実が幻覚剤の原料である可能性は極めて高い。そして、帝都に流通する幻覚剤のルートも……辿っていけば神殿に行き着いた」

「では……幻覚剤の出所は、神殿だったのですね」

イリスの呟きに、宰相は頭を抱えた。

「現在の神殿は、皇室と同様に衰退する帝国の中で不安定な状態にある。神官たちの聖力が著しく低下しているのだ。そんな中、例えば痛みを和らげる作用もある幻覚剤を治療の際に患者に用いれば、まるで神官が神にでもなったかのように神聖に見えることもあるだろう。それが神殿の狙いだ。神殿の権威の保持。そのために困窮する民を貶めるとは……」

「この国は、そこまで堕ちていたのですね。他でもない神殿が、幻覚剤をばら撒くだなんて」

「依存性の高いこの幻覚剤は、使用すればするほど依存度が高まる。考えたくはないが……神殿がこの幻覚剤を、金儲けの道具にしていた可能性も否定できない」

◆◇◆◇◆

深く息を吐く宰相は、憎々しげにナールシュの実を見つめていた。

その後、呼び出したベンジャミンに宰相とイリスが結果を伝えると、ベンジャミンは両手を握り締めて声を震わせた。

「……聖女様。私は、神殿が……大神官猊下がここまで道を踏み外しているとは思ってもみませんでした。仰る通り、これ以上は彼らの好きにさせるわけには参りません。神殿は腐り切った膿《うみ》を排除し、本来の弱き者を救う聖なる場所に生まれ変わるべきです」

「ということは、ベンジャミン神官……」

「はい。私は心を決めました。神殿内には良心を持つ神官たちが少なからずまだ残っています。彼らにこの事実を伝えて共に立ち上がり、大神官を排除してイリス様にご協力致します」

「ありがとう。とても心強いです」

柔らかい雰囲気を纏っていたベンジャミンは、これまでにない強い空気を纏い、深く深く頭を下げた。

◆◇◆◇◆

「これは一体、どういうことだ⁉」

いつものように祭事を行おうとしていた大神官は、祭壇を占拠し大神官と対立する神官たちに怒鳴り声を上げた。

「説明は不要ではありませんか、大神官猊下」

神官の先頭、ベンジャミンの隣に立ち大神官を見下ろしたのは、聖女イリスだった。

「イリス様!? いくら聖女様と言えど、この神殿で私を蔑ろにするような行為は……」

顔を真っ赤にする大神官に向けて、イリスはルビー眼を眇《すが》める。

「神に仕える者として、大神官猊下は何一つ恥ずべきことがないと胸を張って言えますか？」

「なにを……っ!?」

イリスが取り出したのは、花が終わり実を結んだナールシュだった。

「これが何に使われているのか、猊下がこの神殿で秘密裏に何を作っているのか。調べさせていただきました」

「ッ!?」

大神官の側には彼に付き従う神官たちがいたが、彼らは聖女の言葉に動揺したように視線を彷徨《さまよ》わせた。その様子を、イリスに従い祭壇を守るように立っていた他の神官たちが軽蔑するような目で見やる。

「な、なんのことだか私には……」

「この期《ご》に及んでシラを切るつもりですか」

凛と立つ聖女イリスに、大神官は狼狽えながら奥歯を噛み締める。と、そこへ割り込んできたのはメフィストだった。

「イリス。入口を見つけた」

「ありがとう、メフィスト。猊下、何もご存じないと仰るのなら、一緒について来てくださいますか」

「くっ……！」

逃げようとした大神官を、宰相の部下である騎士たちが捕まえて引き摺り、イリスやベンジャミンと共にメフィストのあとに続いた。

「どうしてそこが……っ⁉」

「僕は人より少しだけ耳がいいんです」

大神官の自室のすぐ横、秘密の隠し通路がある壁を黒手袋の手で叩き、自分の耳を指したメフィストが静かに答える。

「入りましょう」

騎士たちに取り囲まれ、なす術のない大神官と共に地下に降り立ったイリスは、そこに広がる光景に眉を寄せた。

積み上がったナールシュの実、毒々しい紫色の液体、瓶の中に詰められた、幻覚剤と思われる大量の薬剤。

「大神官猊下。この薬を押収し分析すれば、全てが露見します。これ以上、嘘を重ねますか？それとも真実を話していただけますか？」

「……」

大神官は、黙秘した。

「それがあなたの答えなら、私たちは徹底的にあなたの罪を暴きます」

黙り込む卑怯な男を軽蔑の眼差しで見ながら、イリスはメフィストと共に、部屋の中の捜索に加わった。

ナールシュの実から滴《したた》る紫色の汁は酷い悪臭がした。

奥には一人分の机と椅子があり、その机の引き出しには鍵が掛けられている。

「開かないわ……」

「これくらいだったら僕に任せてくれ」

両手から魔法を繰り出したメフィストが、カチャリと鮮やかに開錠すると、引き出しの中には厳重な聖力に守られた箱が入っていた。

常人であれば開けるのは難しいかもしれないが、聖女であるイリスは難なくその封印を解き、箱を開けた。

「これは……！」

「イリス？　大丈夫か？」

箱の中から転げ落ち、イリスの手の中に戻ってきたのは、あの日、最後に母から渡されたロケットペンダントだった。

涙ぐむイリスを気遣うメフィストに身を寄せて、イリスは皇后毒殺の罪を着せられた際に取り上げられた、そのペンダントを強く握り締めた。

「……これは、母が祖母から受け継いだ形見なの。もう二度と、手にできないと思ってた」

「……そうだったのか」

イリスの華奢《きゃしゃ》な肩に、メフィストがそっと手を置いたその時だった。

「それに触れてはならん！」

騎士たちに拘束されていた大神官が、ロケットペンダントを手に取るイリスを遠くから見付けて怒鳴り声を上げた。

突如怒気を露わにした大神官を見て、イリスとメフィストは騎士たちに押さえ付けられている大神官の元に向かった。

これまでにないほど凶悪な表情でイリスを睨む大神官に、イリスはロケットペンダントを見

せながら問い詰める。

「何故、何故これがここにあるのです？　これは私が皇后陛下毒殺の犯人として捕えられた際に侍従長に没収されたもの……」

「なんですと？」

目に涙を溜めて声を震わせるイリスの言葉を聞いた大神官は、漂わせていた強い怒気を失くしてロケットペンダントを見つめたまま目を見開いた。

「これは私の母の形見です。どうか返してください！」

イリスの必死の訴えに、大神官は信じられないものを見るかのようにペンダントとイリスを見比べる。

「これが、あなた様のものであると……？　そんな、それは……信じられません。そんなことが……あるはずが……」

「間違いありません。母が祖母から譲り受け、最期に私に託したものです。このロケットの中には私に宛てた母の最後のメモが入っているはずです」

「このロケットを開けられると言うのですか⁉」

驚いた大神官は、イリスの手の中のペンダントを見下ろすと、唇を震わせ絶望の表情を浮かべた。

何故、驚きに身を震わせながらそんなことを聞くのか。疑問に思いながらも、イリスはそのロケットを指先でそっと開けてみせた。

「……！」

中にはあの日と変わらず、イリスの母の短い手紙のメモが丸まっていた。

その文言を読んだメフィストが、大神官に鋭い目を向ける。

「大神官。侍従長に不当に奪われたものであるなら、このロケットペンダントは本来の持ち主であるイリスに返すべきでは？」

「……大公子殿下の仰る通りですな」

大神官は、それまでの強硬な態度が嘘であったかのように、あっさりと頷いた。それどころか、跪いて深々と頭を下げる。

「そのロケットペンダントは、イリス様にお返し致します。そして、私の犯した全ての罪を認めます」

突然の大神官の変わりようと告白に、イリスとメフィストは驚き顔を見合わせた。

「幻覚剤は皇帝陛下の命令で製造し、神殿や皇室の権威保持のために使用してきました。更に、ミーナが聖女としては聖力が乏しかったことを隠すために、ミーナの治療の代用として使用したこともあります」

「そんなことまで……」

「私の計画に付き従ったのは、一部の神官のみ。ベンジャミンをはじめとした真面目な神官たちは各地に送り、神殿から遠ざけていました。事実を知るのは幻覚剤の製造に携わった者たちのみです」

暗に全ての神官が悪いわけではないと言いながら、大神官は別人のように素直に自身の罪を懺悔《ざんげ》した。

その様子に戸惑いながらも、イリスとメフィストは大神官を捕え、事件の真相を聞き出したのだった。

◆◇◆◇◆

「どうやら成功したようだな」

皇宮に戻ったイリスとメフィストは、宰相の執務室へと向かった。その表情を見て悟った宰相が満足げに頷き2人を出迎えた。

「はい。ベンジャミン神官の協力により、大神官の罪を暴きました。途中までは抵抗していた大神官でしたが、何故か急に素直に罪を認めました。直に神殿も本来の清廉さを取り戻すでしょう」

「それは何よりだ。して、今後についてなのだが……大神官の身柄は厳重監視の元、一旦《いったん》解放することにした。今はまだ陛下に勘付かれるべきではない。次の議会で陛下の前にこの事実を突き付け、大勢の前で神殿の闇を公表する」

「そうですね。議会であれば確実に記録に残ります。それまでに証言と証拠を集め、徹底的に皇帝を追い詰めましょう」

「うむ。そこでだが……」

と、そこで。宰相の目が、イリスの首に掛かるロケットペンダントに留まった。

「おじ様？」

「イ、イリス、そのペンダントはどうしたのだ？」

掠れた宰相の声を疑問に思いつつ、イリスはなんの気負いもなく話した。

「これは母から最後に託されたものです。母が祖母から受け継いだ形見だと大切に仕舞っていたものです。先ほど、神殿で偶然見つかり私の手元に戻ってきたのです。どうかしたのですか？」

宰相は、まじまじとイリスのペンダントに見入っていた。

「……アーノルドの妻、そなたの母君ライザ・タランチュラン公爵夫人は、確かウルフメア伯爵家の出身だったね？」

「はい。ウルフメア家には他に後継者がいなかったので、祖父母が亡くなったあとは母が領地と財産を継いでいました」

イリスが答えると、宰相は顎に手を当て考え込んだ。

「……ウルフメア伯爵夫人は、故皇太后陛下……現皇帝陛下の御母堂にあたる方の侍女を務められていたはずだ」

「そうなのですか？　……お恥ずかしながら、母の家門のことはあまり良く知らないのです。私が生まれる前に祖父母は他界しましたから」

宰相は、改めてイリスを見た。そして、記憶の中にあるイリスの母の姿を思い浮かべる。タランチュラン公爵も整った顔立ちをしていたが、イリスのその美貌は間違いなく母譲りだ。しかし宰相には、もう一人だけ。その面影を残す者に心当たりがあった。

「……私は、そのペンダントに描かれている紋様、嵌められているルビー、それと全く同じものを、かつて皇宮で見たことがある」

「皇宮で……？」

宰相の声音が徐々に熱を帯びていく。

「限られた者にしか知られていないのだが。皇帝陛下のご弟妹は全て亡くなられたことになっているが、末の妹君だけは……実は、亡くなったのではなく、赤子の頃に拐《かどわ》かされたのだ。そして行方不明のまま数年が経ち、亡骸のないまま葬儀が行われた。つまり、皇帝陛下の実の妹君……幻の皇女様が、皇宮の外で生き延びている可能性があった。私はそれをずっと探っていた。もし、皇女様がご存命であれば、陛下を廃位させる何よりの旗印となるだろうと」

何故急に、宰相がイリスのペンダントを見てその話を始めたのか。結び付かないようでいて、繋がりつつあるその事実に気が付いて、イリスはまさかと思いながらも動悸がした。

「このロケットペンダントは、皇太后陛下が生前お持ちだったものだ」

イリスは、自身の首にかかるロケットペンダントを驚愕の表情で見下ろした。

「これは、推測の域を出ないのだが……。聖女でもあった皇太后陛下は、皇室の血塗られた政争を嫌悪されておられた。皇位に就いた勝者が敗者を粛清する慣例がある中で、幼い末娘の行く末を案じて侍女であったウルフメア伯爵夫人に皇女を託した、というのは十分にあり得る話だ」

ぐるぐると、イリスの中で宰相の言葉が回る。心臓がドキドキして痛いほどだった。

「イリス、そなたの母君は……幻の皇族、エリザベート皇女殿下であった可能性が高い。これが事実なら、その血を引くそなたは存命している3人目の皇族であり、現皇帝陛下の姪《めい》であり、皇位継承権第二位の保有者だ」

宰相の言葉に、イリスはルビー眼を見開いて絶句したのだった。

「……私が、皇位継承権を？」

ルビー眼を溢れんばかりに見開いたイリスが、驚きに震える。その手を握り支えながら、話を聞いていたメフィストが問いかけた。

「イリス、大丈夫か？」

「ええ。……少し驚いただけよ。でも、これはチャンスかもしれないわ」

イリスの言葉に宰相も頷いた。

「イリスの言う通り、これはまたとないチャンスだ。イリスが正当な皇族の血筋だと判明すれば、全てを覆せる。皇帝陛下と皇太子殿下を排除する大義名分が立つ」

「……イリスの血筋を証明する方法はあるのだろうか」

メフィストが問えば、宰相は考え込んだ。

「皇族の血筋を証明する方法は……あるにはありますが、現実的ではありませんな。しかし、イリスは聖女として名高く、ある程度の根拠さえ示すことができれば、議会や国民も納得しましょう。まずは、ウルフメア伯爵家について調査し、イリスの母の出自について確認するのが先でしょうな」

早速部下に指示を出した宰相は、改めてイリスを見やった。

「もし仮に……そなたの血筋が証明され、陛下とエドガー殿下の排斥が叶えば、そなたはこの国の女帝として即位することになる。皇太子妃、皇后になる教育を受けてきたそなたは聡明で才覚もあるが、女帝となればまた別であろう。覚悟はあるか？」

「それは……」

言い淀むイリスに、宰相は強い目を向けた。

「今はまだ、準備に時間が必要だ。しかし、その時が来れば否応なく決断を迫られよう。そなたに半端な覚悟しかなければ、我らの計画も台無しになる。来るべき時に備え、よくよく考えるのだ」

まだドキドキと鳴る胸の鼓動を感じながらも、イリスは己の役割を理解し、宰相の言葉の意味を呑み込んだ。そして宰相に向けて頷いたのだった。

イリスのまだ僅かに揺れるルビー眼を見て取りながらも、宰相は話題を変えた。

「それはそうと、エドガー殿下から幻覚剤の痕跡が見つかった。現在殿下は……メフィスト殿下に負わされた怪我により意識が朦朧《もうろう》とされている。回復を待ち話を聞く予定だが、自分の所業については記憶があるようだ。こんなことを聞かされても困るだろうが、イリス。殿下は朦朧としながらも譫言《うわごと》でそなたへの謝罪を口にしているようだ」

「謝罪、ですって……？」

いくら幻覚剤に惑わされていたとはいえ、あんなことをしでかしておいて何を今更、とイリスの眉間に皺が寄る。

そこに作為的な何かがあろうと、罪は消えない。……そこまで考えて、イリスはふと父のことを思った。

父もまた、幻覚剤に惑わされて取り返しのつかないことをしようとした。真相はまだ分からないが、父のしたことが罪であることもまた、変わりはないのだ。

「それと、侍従長の遺品から、新たな証拠が見つかった。高位貴族家への脅迫文と、特定の領地へミーナの聖女としての力を高値で売り付けていた証拠書類の数々。これでミーナに罪状を上乗せすることもできよう」

ずっと離宮に幽閉したままだったミーナは、そのうち新たな罪状を突き付けて断罪する予定だった。そのための証拠集めもまた、侍従長の周辺を探ることで必然的に可能となった。

「ミーナの件については、そのまま進めてください。私は……少しだけ、休んでもいいでしょうか」

疲労が溜まったイリスの青い顔を見て、宰相は頷いた。

「そうだな。そなたには、考える時間も必要であろう。雑事はずっと引きこもっていた私が引き受けるので、休んできなさい。メフィスト殿下、イリスをお願いできますでしょうか」

「ああ。イリス、行こうか」

メフィストに手を引かれ、イリスは自室ではなく彼の部屋へと向かった。

◆◇◆◇◆

「ごめんなさい。自分の部屋に戻るのは、まだ少し怖くて」

エドガーに押さえ付けられた恐怖は、そう簡単には消えていなかった。そんなイリスの様子を汲んだメフィストは、温かな紅茶をイリスに淹れながら、優しい笑みを浮かべた。

「何を言うんだ。君と一緒にいられるなら、僕にとっては嬉しいだけだよ」

茶目っ気を乗せたその視線に、イリスはホッとして肩の力を抜いた。

「メフィスト、私……本当は怖いの。皇后になることは、エドガーの婚約者時代に想像したことがあったわ。でも、私自身が女帝になるだなんて。……無理よ。できないわ」

「君は大丈夫だよ」

宰相の前では言えなかった本音をイリスが吐露《とろ》すると、メフィストはその手を握って力強く言い切った。

「僕がいる。ルフランチェ侯爵も、ベンジャミン神官も。君は独りじゃない。君ばかりが無理をする必要はない。それに……君は聡明で、善良な人だ。何よりずっと国の未来を思ってきたじゃないか。きっと上手くいく。考えてみてごらん。君の側に僕がいるだけで、君はサタンフォードを手にしているようなものだ。そう思えば、何も怖くはないだろう？」

握られた手を見下ろして、イリスは観念した。思えば、不安な時にはいつもメフィストが手を握ってくれた。それはもう癖のように、イリスは心が揺れ動いた時に彼の手を探すようになってしまった。

この手を失ってしまえば、イリスはきっと、立っていることすらままならない。それが何よりも怖かった。

「本当に、一緒にいてくれるの？　この件が片付いたら……あなたはサタンフォードに帰るんじゃないの？　ただでさえずっと帝国にいるもの。大公の跡継ぎが、こんなところにずっといていいわけないじゃない」

あまり考えないようにしてきたことをイリスが問えば、メフィストはそのエメラルドの瞳を優しげに細めて微笑んだ。

「言っただろう？　僕は、君を愛している。サタンフォードの人間は愛情深くて一途なんだ。

そして運命の相手を自分で決める。君の側にいることが、僕の使命だ。それに……サタンフォードの帰属問題は、大公家の悲願でもある。それを解決するために僕はこの国に来たんだ。僕は一個人としても、サタンフォードの大公子としても、君と共に在るべきだと思ってる」

メフィストが見せてくれる、ブレない想いや温かい言葉は、イリスにとって砂漠に降る雨のように甘く、全ての味方を失い孤独だった日々を塗り替えてくれるほどに熱烈で、まるで奇跡のようなものだった。

恵まれていたはずのイリスの人生は理不尽に奪われ、ドン底まで落とされた。

家族も名誉も何もかもを失い、牢獄で泣いていたイリスをずっと励まして、牢獄を出てからは隣で支えてくれたメフィスト。イリスは、既に自分の中に芽生え、成長し続けている想いに気付いていた。

エドガーと婚約していた頃にすら感じたことのない、甘く柔らかく、少しの痛みを伴うその感情を、イリスは宝物のように大切にしたいと思った。

「ねえ、メフィスト。今はまだ、言えそうにないの。でも、全てが終わったら……あなたに聞いてほしい言葉があるのだけど、待っていてくれる？」

イリスのルビー眼と、メフィストのエメラルド色の瞳が合わさる。ふ、と優しく微笑んだメフィストは、いつかと同じようにイリスの髪の先を掬い上げ、そこにそっと口付けを落とした。

「ああ、勿論だ。君のためなら、『百年も千年もディアベルの見る一時の夢』だよ」

イリスの好きな詩集を引用して笑うメフィストに、イリスはなんの気負いも衒《てら》いもなく、ただただ素直な気持ちで、目の前の美貌の青年を好きだと思った。

「あなたのお陰で覚悟を決めたわ」

そう言ったイリスは、知らないうちに笑顔を浮かべていた。

その笑顔を見て、メフィストもまた想いを新たにする。強く握られた黒手袋の手。何よりも慕わしいエメラルド色の瞳と目を合わせたイリスは、ふと思った。

「そう言えば、神殿で初代大公の瞳の色を気にしていたわね」

「ああ。あれは……大公家にある肖像画では、初代大公の瞳は紫色だったんだ。だから気になってね。〝呪われし者〟が紅い眼をしていたのなら、初代もそうなのかと思ったんだけど。まあ、僕も紅い眼ではないしね。神殿の記録に齟齬《そご》があったのかもしれない」

「……あなたの呪い。解く方法はないの？」

「なくはない、けれど。今はまだこのままでいいんだ。特に困らないから。寧ろ、君に危害を加える相手をボコボコにできるだろう？」

「ふふ、それはそうだけど。ちなみに、どうやったら解けるの？」

イリスの問いに、メフィストは視線を巡らせて、悪戯っぽく微笑んだ。

「今はまだ教えられないな。けど一つ言えるのは、僕の呪いを解けるのは、君だけだということかな」

「え？　それって、どういうこと？」

ルビー眼をまん丸にしたイリスが身を乗り出すと、メフィストは優しく目を細めた。

「いつか教えてあげるよ。……と言っても、期待しないでくれ。とても古典的で普遍的な方法だから」

「意地悪ね」

メフィストの意味深な笑みに、イリスは態とらしく口を尖らせたのだった。

◆◇◆◇◆

その夜、イリスは久しぶりに夢の中でウサギに会った。

『やっとここまで来たな。君が全てを知るまで、もどかしい思いをしたぞ』

『……ウサギ様。随分とお久しぶりですわね。ああ、そうでもないかしら。エドガーに襲われた際に起こしてくださいましたものね。本音を言いますと、もう少し助けてくださってもよかったんじゃないかと思うのですが』

撫でろと額を押し付けてくるウサギを撫でながら、イリスが不満を呟くと。ウサギはゴニョゴニョと弁明した。

『あの時はすまなかった。我にはあれが精一杯だったのだ。なんでもかんでも君を助けていては、不文律に反してしまう』

『不文律……ですか？』

『左様。神にも神の制約があるのだ。それがなければ最初から、ミーナがヒロインとして不適格と分かった時点で君を聖女にしていた。それができず元の物語が滅茶苦茶になり一応の完結を迎えた一瞬の隙をついて、なんとか君を聖女にしたのだ。あれは謂わば御法度《ごはっと》すれすれの禁じ手であった』

小さなウサギの手ぶりで必死に説明する神に、イリスは諦めたように首を振った。

『そうでしたか。もういいです。それより、私の夢に出てくるということは、また何か私に言いたいことがあるのですか？』

イリスが胡乱な目を向けると、ウサギは小さな鼻をモフモフと動かして慇懃《いんぎん》に頷いた。

『君が知るべきことを知ったので、物語の大筋を伝えに来たのだ。その先はまだ言えないこともあるが、今の君に話せるところまで話しておこうと思ってな』

『物語の大筋……ですか？』

『そうだ。まずこの物語は、ヒロインであるミーナと、その恋人エドガー、悪役令嬢のイリス、そして隣国の大公子メフィストが登場し、次第に結託《けったく》して帝国を揺るがす黒幕である皇帝の思惑を阻止する、という内容であった』

ウサギの言葉に、イリスは呆気に取られた。

『ミーナとエドガーと、私とメフィストが、結託……？』

『信じられぬのも無理はない。何せ、４人を結び付ける大事な役割を果たすはずのミーナが、我の思い描いた物語とは真逆の行動を繰り返し、結果的に皇帝側につくという、なんとも愚かなことをしでかしてくれたからな』

怒ったように後ろ脚を床に叩きつけるウサギは、開いた口が塞がらないイリスへと更に続きを話した。

『そなたは悪役令嬢として、ミーナとエドガーの仲に嫉妬し最初は攻撃的な姿勢を見せるが、ミーナの人柄により態度を軟化させ、タランチュラン公爵の反乱のあとは、命を救ったミーナと無二の親友になるはずだった。まあ、君はそもそもミーナへの攻撃もしない、大人しい悪役令嬢だったが』

『私とミーナが、親友ですって……？』

あまりにもあり得ないその状況を想像して、イリスはワナワナと震えた。牢獄の前でイリスを罵倒したあの女と、自分が親友になるだなんて。考えただけでも頭に血が昇る。

『メフィストもまた、ミーナに牢獄へ追いやられるようなことはなく、メフィストの話を聞いたミーナと、エドガー、イリスと共に、サタンフォードの平和的帰属について協力し合う関係になるのだ』

とても今とは違う話の流れを口にするウサギは、その紅い眼をキョロリとイリスに向けた。

『そうして絆《きずな》を深め、侍従長や大神官と渡り合う中で、イリス、君の出自が明らかになる。君は間違いなく、皇帝の姪であり、皇位継承権者だ』

ウサギのその言葉に、イリスは静かに息を吸って吐き出した。

『このことを知った4人は、エドガーとイリスの2人を立役者として皇帝に反旗を翻し、見事勝利を勝ち取るのだ。帝国とサタンフォードは再び結び付き、平和を取り戻す。救世主が必要なくなった帝国で、ミーナは静かに聖女としての役目を終え、ルビー眼を神に返上する。それが……ミーナをヒロインである聖女にしたばかりに、全ての計画が狂ってしまった』

『ちょっと待ってください……私たちが4人で皇帝に？　とてもじゃないですが、ミーナはともかく、エドガーは使い物になりませんわ。何故そんな出鱈目な物語を作ったのです？』

『エドガーは感化されやすい。気高いミーナに感化され、高貴な振る舞いをする予定だったのだ。……あれもこれも、全てはミーナが清らかさに欠け、強欲な所為で歯車が狂った。この我の憤りが君に分かるか？』

『……』

イリスは、何も答えなかった。正直に言って、神の怒りなど知ったことではなかったが、反論したところで相手は神。とてもじゃないが、不満をぶつけるだけ無駄だった。

『この先についてだが、イリスよ。君の出自についての証明はなんとかなろう。それよりも、一つだけ忠告しておく』

いつものように言いたいことだけを言い、去って行こうとするウサギは、純白の毛を黄金に光らせた。

『君は聖女だ。ミーナが聖女として破綻した一番の理由は、罪なき者に罪を着せたため。君は決して、罪なき者に罪を押し付けてはいけない』

『それは……どういう意味ですか？』

『いずれ解ろう。我が言えるのはここまで。この先は、君の采配《さいはい》次第だ。我が思い描く通りの結末を見せてくれ』

無責任なウサギは、それだけ言い残すと消えてしまったのだった。

◆◇◆◇◆

ミーナ・ランブリックは、帝国の片田舎の男爵家の私生児として生まれ、とても貧しい平民の母の元で育った。

血筋に比べて器量が良く、聡明で明るく心優しい。見る者の心まで華やかにするような、太陽のような笑顔を持つ天真爛漫な少女だった。ただの平民として育っていれば、ミーナは良き家庭を築けていたかもしれない。しかし、父であるランブリック男爵は、ミーナの愛らしい容姿に目を付けた。

「お前を男爵家の一員として認める。代わりにアカデミーで高位貴族の令息を誑《たら》し込んでこい」

反発しつつも父に逆らえなかったミーナは、アカデミーで運命的な出逢いを果たすこととなる。

皇太子であるエドガーが、ミーナを見初《みそ》めたのだ。

交流を重ね、逢瀬《おうせ》を重ね、親交を深める中でミーナとエドガーは互いを想い合うようになっていく。

しかし、エドガーには既に婚約者がいた。誰もが憧れる筆頭公爵家の令嬢、イリス・タランチュラン。ミーナは、何をやっても敵わないであろうイリスに、劣等感を抱くようになっていく。

そんなある日、事態はミーナにとって良い方向へと転ぶ。何の取り柄もない田舎の男爵家の私生児だと侮蔑されてきたミーナが、聖女として神の加護を受けたのだ。

ミーナのブラウンの瞳は聖女の証たるルビー眼に変わり、その力で雨を呼び、病人を治し、枯れた土壌に恵みを齎した。

人々はミーナを崇め、彼女の愛らしい容姿もあって、ミーナはいつの間にか国中の憧れの的となっていった。

そうして聖女であるミーナと皇太子エドガーのロマンスが、あちこちで取り沙汰されるようになった。これにより正規の婚約者であるイリスの評判は急落し、誰もがミーナを皇太子妃に望むようになったのだ。

ミーナは、高鳴る胸の鼓動を抑えられなかった。ツンとした態度で何事もなかったかのように取り澄ますイリスを見て、言いようのない優越感を覚えた。

誰もが憧れていたイリスはミーナの恋路を邪魔する悪女として後ろ指を差され、誰もがミーナを持て囃す。

敵わぬと思っていた相手に勝ち、絶対的な強者として高笑いができる。周囲は味方だらけ、正しいのも清いのもミーナ。悪いのも薄汚いのもイリス。

田舎の男爵家の私生児として蔑まれてきたミーナは、筆頭公爵家の令嬢を打ち負かした快感に酔いしれた。

それはまるで甘い蜜のようにミーナの心を虜《とりこ》にし、いつしかミーナは、他者の上に立てる権力や名声をより強く欲するようになっていった。

聖女としては足りない聖力は大神官や侍従長の助けで補い、金持ちからは金をむしり取り、貧乏人には幻覚剤を与えた。

そうしてミーナは、天真爛漫な少女から、欲にまみれて他者を蹴落とすことに快感を覚えるような悪女になっていった。

イリス・タランチュランの人生と同時に、ミーナ・ランブリックの人生もまた、こうして狂い出していったのだった。

◆◇◆◇◆

宰相がイリスの血筋について調査を進める中で、イリスはメフィストと共に帝都の外れにある離宮へと来ていた。

そこに幽閉されているミーナの様子を見るためと、上乗せされた罪状をミーナに伝え、新たな取引をしようと思ったからだった。

しかし、離宮の一室でベッドに横になっていたミーナの姿は、イリスが想像していたのと全く異なる姿だった。

「ミーナ……あなた……」

「ん……あぁ、来たのね」

イリスとメフィストの姿を見ても、ミーナは直ぐに起き上がろうとしなかった。それどころか顔色が悪く、明らかに体調を崩しているようだった。

「これは、どういうこと？　あの暗い牢獄から出してあげて、幽閉とはいえ、離宮の一室を与えてあげたのよ？　どうしてそんなに弱っているの？」

イリスの言葉を受けたミーナは、ゆっくりと起き上がった。イリスが思わず手を仲ばしてしまうほど、その姿は弱々しかった。

「別に……病ではないわ」

起き上がったミーナの姿を見て、イリスはハッとした。

「ミーナ、あなたまさか……妊娠していたの？」

ミーナの腹は、それとギリギリ分かる程度に膨らんでいた。

「……言っておくけど、エドガーの子よ」

自嘲気味に笑いながら、ミーナが自らの腹を撫でる。

「その子を使って、今度は何をする気？」

イリスの鋭い問いに、ミーナは肩の力を抜いて、疲れ切ったように話した。

「……最初は、この子がいればまた地位を取り戻せるって思ってた。だからなんとしても牢獄から出て、時間を稼ぎたかったのよ。……けど、今は違うわ。地位も名誉も、もうたくさん。何も要らない。……ただこの子が無事に生まれてくれて、幸せに生きてくれればそれでいいわ」

強欲なミーナらしからぬ、まるで善良な母親のような言葉に、イリスは憤りと、言いようのない虚しさを覚えた。

「あなたは犯罪者で、エドガーはそのうち廃太子となるわ。２人の子供として生まれても、その子は不幸になるだけよ」

「そうでしょうね。……だから、できればこの子には、親の顔なんて知らずに育ってほしいと思っているの」

どこまでも張り合いのないミーナに、イリスは戸惑いながらも怒りを抑えられなかった。

「勝手なことを言わないで！　今の私は、あなたごとその子を殺すこともできるのよ？」

イリスの叫びに、ミーナもまた声を荒げた。

「そうでしょうね！　けど、アンタに何が分かるの⁉　生まれた時から恵まれていたアンタに、私の気持ちなんて分かりっこないわ！」

ミーナはイリスを睨み上げた。

「私の父の家門、ランブリック男爵家は百年前まで侯爵家だったわ。それが、百年前の馬鹿な当主が不祥事を起こして男爵家に降格され、領地の大部分も没収されてしまった。侯爵家での暮らしを忘れられない愚かなご先祖様たちは、残っていた財産を底が尽いても使い続け、今の男爵家は借金まみれよ」

声を震わせながら、ミーナは吐露する。

「そんな男爵家が、私生児ごときの私を拾い上げた理由が分かる？　この見た目で、金持ちの男を掴まえさせるためよ。娼婦のようにね。馬鹿みたいでしょう？」

「…………」

枕を叩いて、ミーナは涙を流した。

「そんな中で出逢ったエドガーを、私は確かに愛してた。愛していたのよ。なのに……どうしてこうなったのかしら。私の地位を盤石《ばんじゃく》にするという皇帝の話に乗って、侍従長や大神官に駒のように扱われて。何もかも手にしたと思った日に、何もかもを失ったわ。今の私に残っているのは、この子だけ……」

ミーナの切実なブラウンの瞳が、涙に濡れながらイリスに向けられる。

「……罪を、償うわ。あなたに対してした罪、皇后を殺してしまった罪。我儘を尽くして、国民を困窮させた罪。全部私自身が償う。必要ならなんだって白状するし、あなたたちに協力するわ。だから、イリス……お願い。この子を助けて」

宿敵に縋られたイリスは、復讐を誓ったはずのミーナの体が細く弱々しいことに初めて気が付いた。その手を引き剥《は》がしながら、イリスはルビー眼でミーナを見下ろした。

「都合のいいことを言わないで。私は絶対にあなたを赦さない」

ミーナを赦すには、イリスの受けた仕打ちはあまりにも酷すぎた。

到底赦すことなどできないと思いながらも、イリスは身重《みおも》のミーナを突き飛ばすことはできなかった。

「イリス。君が手を汚す必要はない。僕がやる。ミーナの腹の子は、いずれ君の脅威になるかもしれない。残酷かもしれないが、今ここで消した方がいい」

イリスを護るようにそう言ったメフィスト。

イリスは本音を言えば、ミーナとエドガーの子なんて、今すぐにでも消してしまいたかった。

けれど、母の顔をするミーナを見ていると、どうしてもメフィストの言葉に頷くことができなかった。

何より、ミーナの中に宿る子供に罪はない。

『罪なき者に罪を押し付けてはいけない』

夢の中でウサギに言われたことを思い出し、あの神はこのことまで見越してあんなことを言っていたのかと今更ながらに憎らしくなる。

「メフィスト。手を下ろして」

「イリス……今を逃せば、難しくなる。それでもいいのか？」

「……私だって、本当は今この場で殺してしまいたいわ。だけど、私は聖女なのよ……今、この立場を失うわけにはいかないわ。まだ復讐は終わってないんですもの」

イリスは、ミーナへと改めて視線を向けた。

「……その子が生まれたあとは、あなたとは会わせない。どこの家門に預けるかも私が決める。そしてあなたには、余罪も上乗せした罪を償ってもらうわ。例えそれが斬首刑であってもよ。それでいいかしら」

イリスの言葉を聞いたミーナは、少女の頃のように純粋な気持ちで微笑んだ。

「十分よ。ありがとう」

「……勘違いしないで。これは取引よ。出産まで刑期を遅らせる条件として、あなたには洗いざらい白状してもらうわ。皇帝や大神官、侍従長との話を」

「分かったわ」

真面目な顔で頷いた血色の悪いミーナの顔を、イリスは複雑な思いで見ていた。


「イリス様たちはお帰りになりましたよ」

イリスとメフィストが離宮をあとにすると、ミーナの監視役であるはずの騎士、ジェイがミーナに優しく声をかけた。

「ありがとう、ジェイ。やっぱり私にはあなたしかいないわ！」

苦しげに寝込んでいたフリをしていたミーナは、そうしてジェイの手を取って、満面の笑みを浮かべたのだった。

◆◇◆◇◆

「少し遠回りをして帰らないか？」

皇宮に戻る馬車の中でされたメフィストのその提案は、ミーナに会って疲れた表情のイリスを労《ねぎら》うためのものだった。

「遠回りを？」

「僕はずっと地下牢にいたし、せっかくだから帝都の様子を見てみたい。今なら少しだけ時間があるだろう？」

聖女になってから休む暇もなく、目紛《めまぐる》しく働いてきたイリスは、メフィストの提案に少しだけ表情を緩めた。

「分かったわ。どこか行ってみたいところはある？」

「うーん……僕としては街の雰囲気が見られればどこでもいいかな。どこかお薦めはあるかい？」

自分が見たいと言いつつ、メフィストは明らかにイリスが行きたいところに行って息抜きできるよう、誘導してくれている。

そんなメフィストの優しさに、イリスは甘えることにした。

「それだったら……一人ではとても行けそうになかった場所があるのだけれど、付き合ってくれる？」

「勿論だよ」

微笑んでくれたメフィストを見て、イリスはそっと御者に行き先を告げた。

「……何もないわね」

その場所に立ったイリスは、ポツリと呟いた。

「イリス、ここは……」

帝都の一等地。広大なその土地は、不気味なほど何もない更地《さらち》になっていた。

「タランチュランの邸があった場所よ」

イリスのその言葉に、メフィストは無言でイリスに寄り添う。

反逆罪で一族郎党を処刑されたタランチュラン公爵家は、その邸宅にも火を放たれ全てを破壊された。

瓦礫《がれき》の山となってその悲惨な痕跡の全てが晒されていたこの場所を、宰相が片付けてくれたとは聞いていた。

しかし、いざこうして何もない更地となった公爵邸の跡地を見ていると、全てが夢だったかのように錯覚してしまう。

目を閉じれば、そこにかつて建っていた壮大なタランチュランの邸宅が思い浮かぶのに。

イリスは案内するかのようにメフィストの手を引いた。

ホールがあった場所、応接間、帝国一を誇る蔵書の数々。一番のお気に入りだったカッシーナの初版本は、イリスの自室に飾ってあった。

懐かしい我が家を思い出しながら進むイリスは、敷地の奥まで来たところで足を止める。

「ここは庭園だったのか？」

そこに残ったヒビ割れた石畳を見て、メフィストがイリスを振り向いた。

「そう。お母様が丁寧に管理していたわ。弟と良くここで過ごしたの。あの子ったら、普段は大人しいのに、ここに来ると丸い目をキラキラさせて走り回っていたっけ」

幼い弟の楽しそうな声を思い出して、イリスは微笑む。

「お母様がその様子を嬉しそうに見てた。年相応にはしゃぐのを見て、安心したって言ってたわ。そんな2人を見て、お父様も嬉しそうにしてたわね」

今は何もないその空間に、ありし日の思い出を映すイリスの瞳。

「思い出の場所なんだな」

そこに在ったであろう、美しい庭園を想像して、メフィストはイリスに目を向けた。

「ええ。そうね、そんな素敵な記憶も、すっかり忘れていたわ。ちゃんと思い出せてよかった。あなたが連れ出してくれたお陰よ、ありがとう」

メフィストの心配に反し、イリスは晴れやかな表情で顔を上げる。

「つらくはないか？」

気遣うメフィストに、イリスは首を横に振った。

「つらくなると思っていたけれど、意外と平気だわ。懐かしい思い出の方がずっと強いもの。それに、あなたもいてくれるから」

虚を突かれたメフィストが、照れたように頭を掻く。その様子がなんだか可愛く見えて、イリスはこんな状況でも笑顔でいられた。

「ずっとここに来たかったの。私の家族には、お墓がないでしょう？」

イリスは、反逆者として首を晒され朽ちていった家族の最期を脳裏に思い起こしながら、そっと地面に手を伸ばした。

イリスの聖女の力を注がれて、何もなかった更地に芽が出る。

イリスの力で芽吹《めぶ》いた花は、公爵邸の跡地を覆うように広がっていった。

「だからここで家族に言いたかった。必ず復讐してみせるって。この血を、私の体に流れるタランチュランの血を、絶対に守り抜いてみせるって。復讐を目前にした今この時にここに来られて、本当によかったわ」

イリスの瞳のように紅いスパイダーリリーが、イリスの誓いを聞いているかのように揺れていた。

「あともう少しだ」

「そうね」

いつだって寄り添ってくれるメフィストに力強く頷いて、イリスは咲き乱れる赤い花の真ん中で、彼の黒手袋の手を握ったのだった。

「こんなふうに、平和な時間を過ごしたのはいつぶりかしら」

公爵邸の近くを散策していた2人は、小高い丘の上から帝都を見下ろしていた。日はいつの間にか傾いていて、夕陽に照らされたルビー眼を煌めかせるイリス。

その横顔を見ていたメフィストは、ふわりと風に舞うイリスの金髪を捕まえてそっと口付けた。

「君が望むなら。いつでも連れ出してあげるよ」

優しいメフィストの言葉に、イリスもまた、その瞳をメフィストへ向ける。

「あなたに甘やかされて、サボり癖がついてしまったらどうしてくれるの？　私はこの先、この国で最も忙しい職に就く予定なのよ？」

クスクスと笑うイリスは、ずっと張り詰めていた雰囲気を和らげて、無邪気に冗談を言う。

「いいじゃないか。君は少し頑張り過ぎるから、多めに息抜きをするくらいがちょうどいい」

夕陽に照らされたメフィストの銀髪も、サラサラと風に揺れている。

「……悪い人ね、聖女を誑《たぶら》かすなんて」

光を反射させてキラキラと輝くその髪に、イリスも触れてみたいと思った。

けれど、自分から手を伸ばすのはなんだか照れ臭くて、結局イリスの視線は鮮やかな夕陽に戻される。

「誑かされてくれるのか？」

それは、耳のすぐそばを掠めるような囁き声だった。

ピクリと反応したイリスは、今が夕焼けの時間で本当によかったと思った。

赤く染まった耳も顔も、あの真っ赤な夕陽の所為にできるから。

「……あなたにならら、私……」

イリスの呟きは、風に乗って消えるほどとてもとても小さかった。しかし、耳のいいメフィストには間違いなく届いていた。

それでもメフィストは、胸の内に灯る熱にグッと蓋《ふた》をして、何も聞こえていないフリをする。

大事な復讐を前に、今はまだ待っていてほしいと言ったイリス。メフィストは、その想いを汲んであげたかった。

本当はその不安も重圧も怒りも憎しみも、何もかもをもっと曝《さら》け出して自分に見せてほしい。

その一部でも、自分に預けてほしい。

筆頭公爵家の令嬢として生まれ、エドガーの婚約者として、次期皇太子妃、次期皇后として育ち、そして反逆者の娘、稀代の悪女、と蔑まれ。かと思えば聖女として祭り上げられ、次に待ち受けているのは女帝の立場。

イリスが背負ってきたもの、これから背負うもの。その少しでも、自分に渡してもらえたら、どんなに嬉しいだろう。

休まる暇もないであろうイリスの人生に想いを馳せたメフィストは、その華奢な体にかかる負担を、少しでも分けてもらいたいと願わずにはいられなかった。

「……そんなに見ないで」

メフィストの視線を感じて、イリスが居心地悪そうに髪を直す。

不躾《ぶしつけ》に見つめてしまったことに気付いたメフィストは、素直に謝った。

「ごめん」

「嫌なわけじゃないのよ、ただちょっとだけ、恥ずかしくて」

バツが悪そうに下を向いたイリス。普段は堂々と真っ直ぐに顔を上げて相手を見る彼女が、こんなふうに恥じらう姿を見せるのは、自分の前だけであってほしい。他の誰にも、そんな表情を見せてほしくない。

幼い頃から温厚だったメフィストは、イリスに出逢って初めて、執着や独占欲という浅ましくも狂おしい感情を知った。

「そろそろ戻りましょうか。私たちにはやるべきことがあるもの」

イリスの言葉で現実に引き戻されたメフィストは、これから起こるであろう波乱の展開を前に、必ず彼女を守り抜いてみせると気を引き締めたのだった。


「ねえ、メフィスト。次に来る時は、あなたのことをちゃんと皆に紹介させてね」

帰り道、キラキラと煌めくイリスのルビー眼に見上げられて目を瞬かせたメフィストは、ふっと声を漏らして笑った。

「それは光栄だな。ちなみにその時は、僕のことをなんて紹介してくれるんだ？」

「内緒よ。……その時まで楽しみにしていて」

人差し指を口元に当て、無邪気に美しく笑うイリス。

意味深なイリスの視線には、何かを期待したくなる輝きがある。メフィストの心臓がこれまで聞いたことのない音を立て、指先まで痺れと熱が行き渡っていくようだった。

「行きましょう」

イリスに手を引かれた、その時だった。

「あ……」

「どうしたの？」

イリスの問いに、メフィストは袖を直すと肩をすくめて見せた。

「いや、なんでもないよ」

「……？」

不思議そうなイリスに苦笑しながらも、メフィストは自然な仕草でイリスと手を繋ぐ。２人の距離が近づいたことで、メフィストの手首は見えなくなった。

「気のせいだろうか……」

イリスに聞こえない程度の声量で、メフィストが呟く。

手袋の端から見える呪詛紋が、ほんの少しだけ薄くなっている気がしたのだ。

◆◇◆◇◆

「……イリス様」

「ナタリー？　どうかしたの？」

日の暮れた皇宮の中で、イリスの帰りを待っていたのは、宰相の紹介でイリスの侍女となったナタリーだった。

「監視中の大神官が、イリス様に話したいことがあると言っております」

「大神官が？」

メフィストの方を見たイリスは、頷くとナタリーに向き直った。

「分かったわ。準備をしてちょうだい」


メフィストと共に大神官の元を訪れたイリスは、鋭い目で問いかけた。

「大神官猊下。自分の罪を認めたあなたが私になんの用？」

沈痛な面持ちの大神官が、隈《くま》のできた空な目をイリスに向ける。

「……侍従長が死に、自分の罪を振り返ることで私は今、酷い後悔の中におります。この罪と後悔を償うため、ぜひイリス様にお話を聞いていただきたいのです」

メフィストと目を見合わせたイリスは、窶《やつ》れきった様子の大神官を改めて見た。

「……いいでしょう。お話を聞きますわ」

いつかと同じように、並ぶイリスとメフィストに向き直った大神官は、何かに取り憑《つ》かれたように暗い顔をしていた。

「それで、話とは？」

「これまで私は皇帝陛下のために尽くし、神殿内を思い通りにしてきました。その中で見つけたナールシュの新たな効用。それを利用した幻覚剤。それらを国中にばら撒いた私は、いつか神の裁きを受けるであろうと、ずっと危惧しておりました」

淡々と語る大神官は、イリスの胸元に光るロケットペンダントを見た。

「イリス様。私は、陛下の所業についても議会で告発する用意があります」

「……何を考えているの？」

イリスの疑いの目を甘受しながら。大神官は、疲れ切った表情で告白した。

「私が皇帝陛下に仕えてきたのは、亡き皇太后陛下……先先代の聖女様に報いるためでした」

まだハッキリとした証拠はないが、皇太后は、イリスの祖母にあたる人物。大神官はイリスの中にその人物を重ねながら、深く息を吐いた。

「孤児であった私を救ってくださった皇太后陛下は、神官としての心得を説いて私を導いてくださいました。その生涯の恩に報いるには、皇太后陛下のご子息……皇帝陛下を献身的にお支えすることしかないと信じて、今日まで生きて参りました。そのためなら悪事にも喜んで手を染め、神殿でさえも思うままにしてきました」

「…………そこまでしておいて、何故その地位を手放そうとしているの？」

「皇帝陛下は、私のことをなんとも思っておりません。侍従長がそうであったように、どんなに尽くそうとも、邪魔になれば切り捨てられる。侍従長の死を目の当たりにして実感しました。これほどに虚しいことがありましょうか。そして、侍従長の遺したイリス様のペンダントを見て、私が真にお仕えすべきだったお方がどなたか、分からなくなったのです」

「……このペンダントの意味を、知っているのね？」

イリスが慎重に問いかけると、大神官は静かに頷いた。

「私が生涯をかけて敬愛するお方の遺品です。特別な術式により、正統な所有者でなければこのロケットは開かないはず。そして、それがイリス様に受け継がれたということは……イリス様の母君は、あの日私が協力して皇宮から逃した、エリザベート皇女殿下ということでしょう」

「！　あなたが、お母様を？」

「私には、イリス様の血筋を証明する手立てがあります。私が望むのは、ただただ楽になること。悪事に手を染めるのはもう御免なのです。あのお方に恥じぬ償いをしたい。どうか、イリス様の手で全てを終わらせてください」

第六章　宿命の断罪

帝国議会……高位貴族の大臣と、皇帝、皇太子、聖女、宰相、大神官などが出席するその国政会議にて。

聖女イリスは、声高に宣言した。

「聖女の名において。そして……幻の皇族であるエリザベート皇女の娘であり、正当な皇位継承権継承順位第二位の序列にある者として。私、イリス・タランチュランは、皇帝エイドリアン及び皇太子エドガーに対し、廃位を要求致します」

「何をふざけたことを!!　誰ぞ、乱心した聖女を拘束せよ！」

皇帝と皇太子の廃位を要求するというイリスの宣言に激昂した皇帝が叫ぶも、皇帝の言葉に動く者は誰一人としていなかった。宰相をはじめとした大臣たちは、黙して座ったまま微動だにしない。

「お前たち！　何故私の言葉に従わないのだ!?　大神官!!」

皇帝に名指しされた大神官は、目を閉じて息を吐くと、ゆっくりと手を挙げた。

「私は聖女様のお言葉に賛同致します」

「なっ……⁉」

「私も聖女様に賛同します」

宰相が手を挙げれば、居並ぶ大臣たちもそれに倣った。

「私も」「聖女様を支持します」「聖女様に賛成です」

次から次へと挙がる手を呆然と見て、皇帝はわけが分からず身を震わせた。

「これは……一体なんなのだ⁉　私が何をしたと言うのだ！　イリスがエリザベートの娘だと⁉　あいつは死んだはずだ！　こんなことはあり得ない！」

テーブルの上の書類を投げ飛ばし、髪を振り乱して叫ぶ皇帝。包帯でぐるぐる巻きの状態で議会に参加していたエドガーは、アワアワと慌てるばかりだった。

「陛下。陛下が何をしたのか、という問いに対しては、陛下自身が一番ご存じなのではないですか？」

「なんだと⁉」

机を叩いて立ち上がった皇帝へ、イリスは冷ややかなルビー眼を向けた。

「ご自分の犯した罪が分からないというのであれば、私がここに、皇帝エイドリアン及び皇太子エドガーを、国家に対する反逆の罪により告発します」

「な、なにっ……⁉」

イリスの発言を受け、宰相が立ち上がった。

「私は聖女様の命を受け、陛下の所業について調査を行いました。陛下は皇帝の地位を利用し、帝国を破滅に導こうとしています。その悪行の数々は挙げればキリがありませんが、まず第一に、皇帝陛下は自ら発案した隣国サタンフォードへの無謀な侵略戦争を可決させようと画策し、帝国議会に対し不当な圧力をかけておりました」

「それはっ！」

「先日、処刑予定でありながら牢獄で自死したとされる侍従長の部屋を捜索したところ、侍従長が貴族議員へ向けて贈っていたと見られる賄賂の授受及び脅迫があった証拠となる書類が多数見つかりました。そこには、領地の与奪や爵位の継承に関する事項並びに聖女であったミーナの力を取引する内容など、侍従長の権限のみでは成立しない内容が記されていました。皇帝陛下の最側近であった侍従長の背後に誰がいたのか、論じるまでもないでしょう」

「そんなものは、侍従長の独断だ！　私の知るところではないっ!!」

顔を真っ赤にして怒鳴る皇帝に、想定済みの宰相は更に続けた。

「偽聖女であったミーナによる証言もあります。ミーナは聖女の力を有していた際、陛下に持ちかけられ高位貴族の治癒や地方の干ばつ地域への降雨に対し、高額な報酬と共に議会で陛下の議案に賛同するよう取引を持ちかけていたと白状しました。他にも、その取引を持ちかけられた貴族たちから証言を得ています」

大臣たちの厳しい視線を浴びながらも、皇帝は一切罪を認めようとはしなかった。

「知らぬ！　全ては宰相やミーナ、その他の貴族たちが忖度《そんたく》で行ったことであろう！　私が指示したという証拠はないはずだ！　それに、サタンフォードに踏み込む理由はある！」

ダン、とテーブルを叩き、皇帝は唾を撒き散らしながら声を張り上げた。

「本日はそれを議論するためにこの場を開いたのだ！　ここにいる皇太子エドガーは、サタンフォードの大公子、メフィスト・サタンフォードにより全身に重傷を負わされた。このような所業を許しては、帝国の威信に関わるっ！　そのため、戦争という形でサタンフォードに報復するべきだ！」

声高に主張した皇帝に対して、イリスが冷静に対処する。

「それに関しましては、既に私が証言しています。皇太子エドガー殿下は、卑劣にも聖女である私の私室に侵入し、私を無理矢理手篭めにしようとされました」

イリスの鋭い目線が、責め立てるようにエドガーに向けられた。

「それを阻止してくださったのがメフィスト殿下であり、その場には陛下は勿論のこと皇宮の護衛や使用人の他、宰相閣下も居合わせたので今更陛下が何を仰ろうと無駄です。寧ろ、皇室の非を認めず隣国を貶めるような発言をされるお姿には、何かしらの思惑があるように思えてなりません」

イリスの熾烈な視線がエドガーに向かい、頬に大きな火傷痕を残したエドガーはすくみ上がった。


と、そこへ、議会の扉が開き、渦中のメフィストが姿を現した。

「我々サタンフォードは、帝国と平和的に協議する用意があります」

「な、何故そなたがここにいる!? ここは神聖な帝国議会！ 部外者の立入は固く禁止している！ 直ちにあやつを追い出せ！」

「私が証人としてお呼びしたのです」

凛としたイリスが立ち上がれば、メフィストがその隣に並んだ。

「メフィスト殿下は外交のために帝国へいらっしゃいましたが、皇帝陛下はメフィスト殿下を門前払いしたそうですね」

「……っ！」

「更に、偽聖女ミーナの策略により、メフィスト殿下は皇宮の牢獄に捕らえられていました。このような帝国側の不手際に対し、寛大にも穏便に対応してくださろうとしたメフィスト殿下に、皇帝陛下は刺客を差し向けて暗殺を図ろうとしましたね」

「くっ！　何を言う！　そんな証拠が何処にある⁉」

「メフィスト殿下が御身《おんみ》を護るために始末した刺客は、宰相の調べにより皇室の諜報部隊だったことが分かっています。彼らに命令を下せるのは皇帝陛下です。歩み寄ろうとしてくださったサタンフォードの大公子殿下に対する狼藉《ろうぜき》の数々は赦されるものではありません。隣国との外交問題を深刻化させ、戦争を引き起こそうとする意図がありありと見て取れます」

「わ、私は何も知らぬと言っておろう！　皇室の諜報部隊を動かすことができるのは、皇帝の他に皇太子もおる！　それはエドガーの仕業に違いない！」

「な、な、何を仰るのですか、父上⁉　ちょ、諜報部隊など、私はそんなものがあったことすら知りませんでしたっ！」

愚かな親子のやり取りに、議会には重苦しい空気が広がっていった。

背筋を伸ばしたイリスは、淀んだ空気を裂くように清廉な声を上げた。

「更に、皇帝陛下。あなたは、サタンフォードとの和平協定を推し進めようとしていた私の父、アーノルド・タランチュラン公爵を反逆罪で斬り捨て、タランチュランの一族を処刑しました。しかし、これについても疑念が浮上しております」

イリスの発言に議会は揺れ、皇帝は狼狽しながらも立ち上がり、イリスの言葉を遮ろうとする。

「な、なにを言い出すのだ？　タランチュランの反逆行為は疑いようもない事実。そなた、自身の聖女の地位を利用し、家門の復活を画策しておるのではないか⁉」

「……これについては、宰相から説明があります」

ルビー眼を細めたイリスが一歩引くと、代わりに宰相が議会の前に立った。

「これは、タランチュラン公爵が好んでいた銘柄であり、公爵家の労に対し、皇室から贈られたものでありました」

宰相は、例のワインボトルを取り出して掲げて見せた。

「焼け落ちた公爵邸より見つかったこのワインの中には、幻覚剤が仕込まれており、これによりタランチュラン公爵は正常な判断のできない状況にあったと思われます」

ザワザワと、議会が揺れる中で皇帝の顔が醜く歪んだ。

「当時、皇室は皇太子エドガー殿下とイリス様の婚約破棄を公爵家に対して打診しており、幻覚剤により朦朧としたタランチュラン公爵の皇室に対する憎悪を意図的に助長した可能性が極めて高いです」

あちこちから息を呑むような音が聞こえ、疑念の目が皇帝と皇太子に向かう。

「これによりタランチュラン公爵は反逆を企てましたが、実際に反乱が起こったとする皇室の発表には疑問が残ります。と言うのも、皇宮の部隊に被害がないばかりか、帝都の何処にもタランチュラン公爵が挙兵し皇宮を目指したのを目撃した者がいないのです」

次第に冷ややかな熱を増す議会の騒めきは最高潮に達し、宰相はもう一段声を張り上げた。

「戦闘は公爵邸の敷地でのみ行われ、5日という短期間のうちにタランチュラン公爵家はイリス様を残し殲滅《せんめつ》されました。いくら事前にイリス様が公爵の企みを密告したからと言って、帝国屈指の部隊を持つタランチュラン家をそれほどの短期間で制圧するのは極めて困難であり、事前に公爵家への攻撃準備をし奇襲をかけたとしか考えられません」

「ち、父上、どういうことですか⁉　あの時、私がイリスから伝え聞いたことを申し上げた時には、既に手遅れだから手出し無用と仰っていたではありませんか！　だから私は何もしないで、イリスが起きるのを待っていたのですよ⁉」

頭の悪いエドガーが声を張り上げると、皇帝は息子の頭を思い切り叩いた。

「お前は黙っていろっ！」

皇帝親子に対する不信感が高まる中、イリスは再び前に出て宣言した。

「忠臣であったタランチュラン公爵家を逆賊に仕立て上げ私欲のために滅ぼし、無謀な戦争を決行するために議会を買収しようとしたとあれば、その行為は残虐卑劣であり、国家に対する破壊行為にほかなりません。エイドリアン皇帝陛下。あなたは国家元首である皇帝位に相応《ふさわ》しくありません」

一度言葉を切ったイリスは、そのルビー眼を怪我だらけのエドガーに向けた。

「そして、エドガー皇太子殿下。あなたは皇太子という地位にありながら、父である皇帝陛下の思惑に気付かず、悪行の数々を放置してきました。私が皇族と判明しなければ、陛下を止められるのは皇太子殿下お一人であったにもかかわらず、です。そしてあろうことか、あなたは陛下の手駒となり、聖女である私を害そうとまでしてしました。殿下もまた、その地位に相応しいとは言えません」

イリスの目も声も冷たく、心からの嫌悪を感じさせるものだった。

「聖女であり、皇位継承権保有者である私の名にかけて、皇帝エイドリアン並びに皇太子エドガーに対し、改めて廃位の要求と、その罪に応じた刑の執行を要請致します」

拍手が鳴り出す中で、皇帝は拍手を散らすような怒鳴り声を上げた。

「全ては憶測に過ぎん！　聖女の妄想だ！　そして、そもそもイリスが皇位継承権を持っているとする証拠は何処にあるのだ⁉」

「……その件に関しましては、私からご説明致します」

そっと立ち上がった大神官に、皇帝は憎々しげな目線を向けた。

「大神官！　……貴様、この裏切り者がっ！」

「……まず始めに、この場をお借りして皆様に謝罪致します。私は長年皇帝陛下の側近として、神官でありながらさまざまな悪事に手を染めて参りました。帝都で出回っている幻覚剤を作り出し、蔓延《まんえん》させたのはほかでもないこの私です」

議会に並ぶ貴族たちは息を呑み、皇帝は静かに身を震わせる。

「聖女であったミーナをはじめ、聖力を落とす神官たち……神殿の権威のためでした。私利私欲のために得た金銭は全て神殿に寄付し、本日この場をもって、全てを告発したのちに大神官位を退く所存でございます。後任には、神殿の腐敗を正すために立ち上がったこのベンジャミン神官が就く予定です。今後の神殿は彼の下、清廉潔白となりましょう」

大神官の横に、ベンジャミンが並んだ。そして大神官は、良く通るその声で話し始めた。

「故皇太后陛下の末娘であり、皇帝陛下の実の妹君にあたるエリザベート皇女殿下を赤子の時に皇宮から連れ出したのは、私です」

衝撃の告白に、議会は再び揺れた。

「当時、聖女であり皇后であった皇太后陛下、皇帝陛下の母君は、皇室内部の政争に心を痛められ、生まれて間もない末娘のエリザベート殿下を皇宮の外に連れ出すよう私に指示しました」

立ち上がった皇帝を真っ直ぐに見ながら、大神官は話を続ける。

「これは極秘裏に進められ、私は皇宮の外に待っていた皇太后陛下の協力者へ皇女殿下を引き渡しました。そのお相手が誰であったかは、慎重を期すため私には知らされませんでしたが、エリザベート皇女殿下が皇宮の外へ逃げ延びられたのは間違いありません。その際、身分の証明として、皇女殿下には皇太后陛下のペンダントを託しました」

議会の目が、イリスの首にかけられたロケットペンダントに向かう。古参の貴族の中には、確かにその意匠に見覚えがあり息を呑む者たちも少なからずいた。余韻の中で大神官が座ると、すかさず宰相が立ち上がる。

「ここからは私が引き受けます。イリス様が母君から受け継がれたロケットペンダントは、皇太后陛下がお待ちだったものと酷似しており、タランチュラン公爵夫人の生家とされていた、ウルフメア伯爵家について調査を行いました」

背筋を伸ばした宰相の話に、皇族を除く誰もが耳を傾けていた。

「ウルフメア伯爵夫人は皇太后陛下の侍女であり、伯爵は皇太后陛下の護衛騎士でございました。皇太后陛下の側近と思われるお2人は、エリザベート皇女殿下が失踪した際にその責任を取る形で皇宮を去り、数年間領地に戻られておいででした。その間にお2人の子として育てられたのがタランチュラン公爵夫人であります」

イリスは、自身の首にかかるペンダントを握り締める。

「ウルフメア伯爵夫妻とタランチュラン公爵夫人は、あまり似ていない親子でした。そのため、領地内では養子の噂が広がっていたと言います。ウルフメア伯爵夫妻がエリザベート殿下を匿《かくま》い育てた可能性は非常に高く、受け継がれたペンダントにより、タランチュラン公爵夫人がエリザベート皇女殿下であることは、疑いようがないでしょう」

「そ、そんなものは、何の証拠にもならんっ!!　私はそんなペンダントを母が着けているところなど見たこともない！」

議会の大半が頷き、イリスの皇位継承権の正当性を確信する中、往生際《おうじょうぎわ》悪く声を張り上げる皇帝へ大神官が声をかけた。

「陛下、いい加減に罪をお認めになる気はありませんか」

「何度も言わせるなっ！　私は何もしていない！」

言い張る皇帝を、悲しげな瞳で見つめた大神官は、隣に立つベンジャミンへ声をかけた。

「……例のものを」

「はい」

ベンジャミンが木箱から取り出したのは、古い銀製の杯だった。

「これは神殿に伝わる、大神官のみが扱える聖物です。大神官のみが神より神託を授かれるのは、この聖杯を通してだと言われております。そしてこの聖杯には、神託を伝える他にも神のご意志を確認する作用がいくつかあります」

大神官が聖杯に聖力を込めると、聖杯は青白い輝きを放った。

「一つは、神への告解《こっかい》です。聖杯を通して神に向かい罪を告白し、それが偽りであった場合、告解した大神官は雷に打たれ命を落とすのです」

議会の目が聖杯に向かう中、大神官は聖杯の前に跪いた。

「神に懺悔致します。私は皇帝陛下の命により、聖女であったミーナの聖力を悪用して不当な利益を得て参りました。また、陛下の望みであるサタンフォードへの侵略戦争を推し進めるために、邪魔なタランチュラン公爵を幻覚剤で陥れ、イリス様が皇宮に助けを求めてきた際には睡眠薬を盛って、タランチュラン家の処刑が終わるまで眠らせました」

聖杯は、不思議な輝きを放ち続けるだけで、大神官の身には何も起こらなかった。

「更に贈賄や脅迫を行う侍従長を手助けし、侍従長が皇后毒殺を企てているのを知りながら放置致しました。これら全ては、皇帝陛下のご意向により行ったことでございます。そして私は……証拠隠滅のために侍従長を刺し殺した陛下に命じられるまま、侍従長の遺体を処理しました」

人々の驚きと嫌悪の騒めきの中、告解を終えた大神官は立ち上がり、イリスへと目を向けた。

「他に、この聖杯を通して神への問いかけをすることにより、物事の正否を審判することも可能です。正否の判定は、正であった場合は何も起こらず、否であった場合は先ほどと同様、問いかけた大神官が雷に打たれ命を落とします」

ルビー眼を見開いたイリスに目で頷くと、大神官は再び聖杯に跪いた。

「神にお伺い致します。こちらにおられる聖女イリス・タランチュラン様は、先帝陛下並びに皇太后陛下の孫娘であり、正当な皇位継承権を有するお方でしょうか」

静寂の中、聖杯は光を放つだけで、大神官の身には何も起こらなかった。

「神の審判により、陛下の罪とイリス様の血筋が証明されました」

そう宣言した大神官へと、皇帝はもはや掠れ始めた声を荒げた。

「そ、そんなものは、いくらでも偽装可能だ！　そもそもその聖杯が本物で、本当にそのような作用があるかどうかも怪しいではないかっ！」

指を差し、目を血走らせる皇帝を見遣った大神官は、達観したように微笑むと、皇帝へと向き直った。

「陛下。陛下とは、とても長い付き合いでございます。陛下がそう仰るであろうことは、予想しておりました」

「なにっ⁉」

大神官は、ベンジャミンへと顔を向けた。

「ベンジャミン。あとのことは頼む」

「……ご心配には及びません」

短いやり取りのあと、大神官はイリスを見た。

「イリス様。これで私の罪が消えるとは思っておりませんが、これは私なりの贖罪《しょくざい》でございます」

そして大神官は再度、聖杯に跪いた。

「神に告解致します。先ほどの私の告白は嘘偽りであり、皇帝エイドリアン陛下は潔白で、一つの悪事もなさらず、皇帝位に誰よりも相応しいお方です」

イリスは、ハッと手で口を覆い、隣にいるメフィストの手を握った。

青白い光を放っていたはずの聖杯はバチバチと不穏な音を立てながら揺れ、網膜に灼きつくような鋭い黄金の閃光が走ったかと思うと、次の瞬間には雷に貫かれた大神官は事切れていた。

騒然とする中、大神官の死を確認した宰相が静かに宣言する。

「聖杯が本物であることは、大神官の死により確認できました。これにより皇帝エイドリアンと皇太子エドガーの罪もまた確定となりましょう。そして、イリス様の血筋に関しても証明されました。改めて皇帝と皇太子の廃位と斬首刑を要請致します」

居並ぶ大臣たちが、次々と起立し、宰相に同意を示した。

「イリス・タランチュラン！　何もかもがお前の所為だ！」

最後まで叫ぶ皇帝は、イリスが今まで見てきたどんな姿よりも無様だった。

対照的にエドガーは動揺して動けず、この状況についてさえいけていないようだった。

「イ、イリス。私は……父上とは関係ない！　ただ、そなたにしたことを、ずっと謝りたかったんだ。考えてみれば、昔からもっとそなたを大事にすべきだった。ミーナに騙されて浮気したことも、本当に申し訳ないことをしたと思ってる……頼むから赦してくれっ！　私が悪かった！」

今更な謝罪を繰り返すエドガーに。イリスはずっと言いたかったことを口にした。

「悪かった、ですって？」

割れて尖った氷のようなイリスの鋭い声に、エドガーは身をすくませた。

「それで済むと思っているところが、あなたの器の小ささと愚かさを証明しているわ。父の反逆の件で助けを求めた時も、あなたは何もせず傍観していたのでしょう？　両親の影に隠れ、婚約者や恋人に選択を丸投げし、自身では何一つ成せない。そんなあなたに、どんな価値があると言うの？」

「イリス……」

つぅ、と。エドガーの目から涙が溢れ落ちる。

「あなたの愚行には反吐が出るわ」

――『お前の蛮行には反吐が出るっ！』

蔑みを乗せた視線をエドガーに向けて。イリスは、いつかの屈辱を晴らした。

「あなたのような間抜け男は死ぬべきよ」

――『お前のような性悪女は死ぬべきだ』

あの日エドガーに言われて絶望したその言葉を、イリスはエドガーに向けて突き付け返した。

「あっ……あぁ……」

火傷を負った顔を絶望に染め、エドガーは言葉もなく崩れ落ちる。

「連れて行きなさい」

イリスの命令で、皇宮の近衛隊が皇帝と皇太子を取り囲んだ。

第七章　呪詛の代償

「これで終わると思うなっ!!」

護衛に取り囲まれた皇帝は、往生際悪く忍ばせていた短剣を取り出して周囲を威嚇《いかく》した。

そうしてエドガーを盾に護衛を突き飛ばすと、真っ直ぐにイリスへと向かい短剣を振り翳した。

短剣がイリスに振り下ろされる前に、メフィストの手が皇帝の手ごと短剣を受け止める。

「メフィスト！」

「問題ない」

手袋を掠った切っ先がメフィストの肌まで切り裂いていないことを確認してイリスがホッとしたのも束の間、裂けた手袋の下の黒い紋様を見た皇帝は、目を見開いたかと思うと、狂ったように笑い出した。

「それはまさか……！　ふははははっ！　貴様は、〝呪われし者〟だったのか！」

高笑いする皇帝は、これまでメフィストに向け続けていた憎悪の視線を和らげ、長年探し求めていた宝玉を手に入れたが如《ごと》く、メフィストに清々《すがすが》しい笑顔を向けた。

その異常な様子にメフィストが眉を寄せた一瞬の隙をついて手を振り解《ほど》いた皇帝は、床に転がるエドガーを立ち上がらせた。

「来い、エドガー！　能無しの役立たずめっ！　最後に私の役に立つのだ！」

「ち、父上!?　一体何を……」

それは一瞬のことだった。皇帝の短剣が、何の躊躇いもなくエドガーの心臓を貫いた。

「……え？」

父に刺され、間抜けな声を上げたエドガーが、次の瞬間ドサリと倒れる。抜かれた短剣により、エドガーの血が辺りに飛び散った。その滴の一つが、近くにいたメフィストの、剥き出しの手に触れた瞬間だった。

「くっ……!?」

手を押さえて、メフィストが膝を突く。

エドガーのあまりに呆気ない死に動揺する間もなく、イリスは急に苦しみ出したメフィストに駆け寄った。

「メフィスト!?　どうしたの!?」

苦しげに息をするメフィストは、ガタガタと震えていた。その様子を見下ろしながら、皇帝は更に高らかに笑った。

「〝呪われし者〟が、まさかこの時代にいようとは！　これぞ神の采配、やはり天は私の味方だ！」

まだ温かい息子の遺体に触れ、溢れ出る血を手に取った皇帝が、苦しむメフィストの呪詛紋に息子の血をドロリと垂らした。

「お前たちには分かるまい！　激しい政争を勝ち抜き玉座に就いたにもかかわらず、手にした帝国は出涸《でが》らしのように干涸《ひから》びていた！　全ての元凶がサタンフォードだと知った時、私はサタンフォードを心から憎み、サタンフォードを取り戻して呪いを復活させることを誓ったのだ！」

「うっ……！」

皇帝が声を上げる間にも、滴るエドガーの血が、メフィストに異変をもたらし続けていた。

「メフィスト！」

手を押さえ苦しむメフィストにイリスが呼びかけるも、メフィストは呻くだけで顔を上げない。その様を楽しげに見下ろしながら、皇帝はニヤニヤと笑っていた。

「知っているか？　この帝国の建国時、この術を施した皇家の始祖は、自分の息子２人を犠牲にしたのだ。一人は呪いを発動させるための血の生贄《いけにえ》にし、もう一人には呪詛紋を施してサタンフォードの力を帝国に取り込む媒体にした！」

皇帝が狂ったように叫ぶ中、メフィストは蹲《うずくま》り肩を揺らし続ける。小さな呻き声に、イリスの焦りが増していく。

「さあ、蘇るのだ、始祖の呪いよ！」

息子の血で汚れた顔も気にせず、皇帝は両手を広げて宣言した。

「最初にサタンフォードと帝国を繋ぐ道筋を作った〝呪われし者〟は、体中を貫くリタンフォードの魔力と地力、その莫大な負荷に耐え切れず絶命したという。貴様も同じ末路を辿るのであろうな、サタンフォードの大公子よ！　帝国のために自らの身と国を犠牲にしようとは、散々私の邪魔をしてくれた貴様になんとも相応しい最期だ！」

「メフィスト、しっかりしてっ‼」

「ハアッ、ハアッ……」

苦しむメフィストの手から呪詛紋が広がり、裂けた袖の間から全身にその紋様が広がっていくのが見える。

それを見たイリスは、体中から血の気が引いていくようだった。

「ダメよ、ダメ！　お願い……止まって！」

イリスが叫ぶも、呪詛紋は悍《おぞ》ましい黒色を次々にメフィストの体に広げていく。顔を上げた彼を見て、イリスは息を呑んだ。

まるでエメラルドのようだったメフィストの緑色の瞳が、血のように紅く染まっていたのだ。

「イリスっ、……離れろッ」

目を血走らせたメフィストが、イリスを押す。

「嫌！　嫌よメフィスト、私を一人にしないでっ！　約束したじゃない！」

メフィストの体から、黒い煙が上る。

「……ごめん、イリス」

その時見たメフィストのつらそうな表情が、あの日自分を送り出した母と弟の表情に重なって見えて、イリスは恐怖した。

「メフィスト……！」

しかし、メフィストはイリスの声に応えられる状態ではなくなっていく。

滑らかな肌は呪詛紋に覆い尽くされ、美麗な顔が醜い紋様に侵されていく。辛うじて意識を保ってはいるが、押し寄せる魔力と地力にその体は悲鳴を上げていた。

周囲の空気が歪み、メフィストを中心として激しい地鳴りと暴風が起こる。

「イリス！　このままではそなたが危険だ！　一刻も早く離れるのだっ」

宰相に手を引かれ、イリスはメフィストから引き離された。

「ダメよ！　何か……何かあるはずよ、呪いを解く方法が！　メフィストが言っていたもの！

ねえ、メフィスト！　あるって言ったじゃない！」

必死にメフィストへ手を伸ばし呼びかけるイリスだったが、次の瞬間、メフィストの体から強い光が放たれた。

「うわあぁぁあっ！」

「メフィストっ」

とうとう全身を呪詛紋に覆われたメフィストは、イリスの声に応えられるような状態ではなくなっていた。

絶叫し、血の涙を流して倒れ込んでいる。

辛《かろ》うじて息はあるが、それも風前の灯火であることは明白だった。

「これで帝国も、サタンフォードも、全てが私のものだ！」

異様なほどに高揚した皇帝の声が、周囲の轟音《ごうおん》を切り裂いて木霊《こだま》した。

「違う。まだ終わっていないわ」

小さくそう呟いたイリス。

イリスの身を案じる宰相に引き摺られながらも、イリスは涙を拭い、必死に考えた。メフィストはイリスに嘘を吐いたりしない。絶対に、呪いを解く方法は絶対にある。

メフィストとの会話の中に、そして歴史の中に、その答えはあるはずなのだ。メフィストはまだ生きているのだ。彼も、彼の国も、そして帝国の未来も、絶対に諦めたりしない。

もう二度と、大切な人を失いたくなどない。

勝手に溢れ出してくる涙を仕舞い込んで、イリスは震える指先を握り締めた。

「考えるのよ……！」

緑から紅に変わったメフィストの眼。メフィストが初代大公の瞳の色を気にしていたのを思い出し、イリスはハッとする。

神殿に残された紅い眼の記録と、大公家に伝わる紫色の瞳の肖像画。

「初代大公……あの人は、〝呪われし者〟でありながら長生きした。……それが呪いを解いたからだったとしたら？　瞳の色が変わったのは、きっと呪いを解いたあとだったからよ！」

イリスが頭を働かせている間にも、メフィストは苦しみ悶え、メフィストを中心に巻き起こる台風のような力の波動に、議会の参加者は逃げ出していった。

「イリス！　何をしておるんだ！　早く逃げなければ……」

しかし、騒動の中で宰相の声はイリスに届いていなかった。イリスは立ち止まり、ルビー眼を一心にメフィストに向けている。

「早く、早く……もっと考えるのよっ」

イリスは、メフィストと出逢ってからの日々を走馬灯《そうまとう》のように思い出していた。


『サタンフォードの人間は、愛情深くて一途なんだ』

『〝運命の相手〟を自分で決める』

『サタンフォードは番う』

『初代大公夫妻の真実の愛が僕の血には根付いているんだ』

『僕は生涯、君だけしか愛さないよ』

『僕の呪いを解けるのは、君だけだ』

『とても古典的で普遍的な方法だから』

メフィストにもらった言葉は、イリスの中でどれもこれもが宝物のように煌めいていた。

彼の優しい声も、手袋越しの指先の温かさも、こんなにも鮮明に思い出すことができるのに、それが永遠に失われてしまうことなど、イリスには耐えられない。

その感情の意味を、イリスはとっくに知っていた。ただ恐くて、まだ認められなかっただけで。

それを認めた途端、イリスは閃いた。

「……まさか」

初代大公が独立を決意した理由。何よりも愛を重んじ、一人の相手だけに心を捧げるサタンフォードの風潮。呪いを解く方法について、いつか教えると……期待しないでくれと笑っていたメフィストの声音。

「古典的で普遍的な方法……」

パズルのピースを嵌めるように、イリスの中で一つの仮説が出来上がる。

「イリス！　戻るのだ！　そなたの身に何かあれば、この革命が全て無駄になるのだぞっ！」

宰相の声を聞かず、イリスは壊れつつあるメフィストの元へ走った。

他のものなど、もうどうでもよかった。

「メフィスト！　お願い、間に合って！」

「あああぁぁぁっ！」

近づくイリスに叫び、暴れるメフィスト。力の風圧により飛んでくる瓦礫の破片に傷を負いながら、イリスはメフィストを抱き締めた。

「メフィスト、お願いよ。聞いて？」

「うぅ……ッ！」

イリスにはもはや、復讐などどうでもよかった。帝国が滅びようとどうなろうと関係ないと思った。

今のイリスにとっては、苦しみに身悶え意識が朦朧としながらも、イリスを傷つけまいと必死に自身の手を押さえ付ける心優しいメフィストより大切なものなど、ありはしなかった。

メフィストを救いたい。

それよりも、こんな時でさえイリスを気遣ってくれる優しい彼に、純粋に伝えたいと思った。


「あなたを愛しているわ」


目を閉じたイリスは、全てを捧げるように祈る。

「……くっ、…………イリス」

メフィストが、苦しみの中でイリスを呼ぶ。

「メフィスト！」

顔を上げたイリスは、メフィストの瞳が片方だけ緑色に戻っているのを見た。そして、その肌に蔓延る呪詛紋が、少しずつ薄くなっているのも。

彷徨っていたメフィストの視線が、ゆっくりとイリスのルビー眼を捉えた。

血のように紅い目と、対照的な緑陰。

その深いエメラルド色と目が合い、イリスは初めてその瞳を見た、あの牢獄での邂逅《かいこう》を思い出した。

「ねえ、言ったことがあったかしら？　私、あなたのそのエメラルド色の瞳を初めて見た時、ずっと欠けていたものを見つけたような気がしたの」

ルビー眼から涙を流しながら、イリスが呪詛紋の消えゆくメフィストの手に手を伸ばし、ぎゅっと握り締める。

すると、メフィストの手もまた、応えるようにイリスの手を握り返した。いつもと変わらぬ、イリスを安心させてくれるその体温。慣れ親しんだその手を、イリスは絶対に離さないと心に誓いながら、堂々と口を開いた。

「あなたが私の運命よ」

口付けを落とすために目を閉じたイリスが次に目を開けた時。そこには、イリスが何よりも愛するエメラルド色の双眸が、イリスを見つめ返していたのだった。

第八章　物語の結末

「神の名代である大神官として、ここに新たな女帝の誕生を宣言致します」

あの未明まで、日も差さない皇宮の地下に広がる牢獄で処刑を待つだけだったイリス・タランチュランはその日、誰よりも輝かしい光を浴びていた。

大神官ベンジャミンから王冠を授かったイリスは、王笏《おうしゃく》と宝珠を手に背筋を伸ばした。凛とした立ち姿と、どこまでも見渡すようなルビー眼。そして彼女の隣には、盛装に身を包みイリスと並び立っても引けを取らない美貌を持つ、メフィスト・サタンフォード……女帝となったイリスの皇配《こうはい》となることが決まっている、サタンフォード大公が寄り添っていた。

輝くような2人の美しさ。暴君から帝国を守り、2人の婚姻と同時に2つの国の統合を宣言したその勇姿を目に焼き付けた国民は、熱狂的にこの物語を語り継いだ。

稀代の悪女として無実の罪で牢獄に囚われ、処刑寸前だったイリス・タランチュランは、神のお告げにより聖女となり、運命的な出逢いを果たした伴侶と共に暴君を成敗して、自らの高潔さと血筋の正当性を証明し女帝となった。この華麗なる大逆転劇は、こうして後世に語り継がれることとなる。

◆◇◆◇◆

華やかなイリスの即位式の中、処刑台の上でその姿を見つめている男がいた。廃帝エイドリアンである。

あの日、その思惑を打ち砕かれた廃帝は、すぐに護衛に捕まり牢獄へ入れられた。そしてイリスが戴冠式を迎えるこの日まで、暗く湿った汚い牢獄の中で処刑を待っていた。

イリスの采配により、帝国を破滅させようとした廃帝の処刑はイリスの戴冠直後に行うこととなっていた。

美しい女帝と大公の姿に見惚れていた民衆は、ギロチンの運ばれる音がすると、即位式が見える場所にわざわざ設けられた処刑台へと目を向けた。

ギロチンにかけられる瞬間、廃帝は、並び立つイリスとメフィスト……その背後にある帝国とサタンフォードを見据えた。

どちらも手に入れようと足掻《あが》いた結果、手の内にあったはずの帝国も、渇望したはずのサタンフォードも、何もかもを2人に奪われたのだ。

最後の最後で息子の命まで犠牲にしたどんでん返しの奥の手ですら、2人の〝真実の愛〟の前に砕け散った。

全てを手に入れたと錯覚した一瞬の栄光は、ただの幻想に過ぎなかった。王冠に王笏、宝珠だけでなく。妻も息子も側近たちも。自業自得で失った廃帝の、その手の内に残ったものは何もない。

愛する伴侶と人々に囲まれ賞賛を受けるイリスの華麗な戴冠式を見せられて、そのことをまざまざと突き付けられた廃帝は、自らの愚かしさを初めて後悔した。しかし全てが時既に遅く、計り知れぬ憎悪と後悔の中で、民衆に石と罵倒を投げ付けられながら、廃帝エイドリアンは呆気なくその首を落とされたのだった。

◆◇◆◇◆

女帝イリスとサタンフォード大公メフィストの婚姻式は、華やかに執り行われた。国中が2人の婚姻を祝福し、平和的に統合されたサタンフォードを快く出迎えた。少し前にあった皇太子と聖女の婚姻式など忘れ去られるほどに、美しい2人の姿は人々の話題となった。

イリスの婚姻式を祝う祭は一週間続いたが、その裏でもう一つ、とある慶事があった。離宮に幽閉されていたミーナが、出産したのだ。

取り上げられた赤子は性別も告げられず、すぐにミーナから引き離されたが、母子共に健康な出産だった。

見舞いに訪れたイリスが、出産直後のミーナを気遣う。

「滋養《じよう》にいいお茶を持って来たの。ほら、飲んで？」

起き上がったミーナは、イリスの持って来た温かいお茶を飲むと、ホッと息を吐いた。

「無事に出産できたのは、あなたのお陰よ」

今日までイリスは、少しずつミーナと和解し、尽力してミーナの出産を万全の態勢に整えた。

感謝を込めてミーナがそう言うと、イリスはうっそりと微笑んだ。

「気にしなくて大丈夫よ。あなたの処刑は一旦保留にするわ。今はゆっくり産後の体を休めてね」

「ありがとう、イリス」

「いいのよ。だって私たち、本当は親友になっていたはずなんですもの」

「えぇ？　何よそれ」

突拍子もないイリスの言葉にミーナが笑えば、イリスがいつかのウサギの言葉を思い出して答える。

「私を聖女にした神様が言ってたの。まあ、あの神様、ちょっといい加減だから」

ふふふ、と笑うイリスへ。少しだけ考えてから、ミーナは口を開いた。

「ねぇ、イリス。もしあなたが良ければ、今からでも私たち、親友に……」

そこまで言って、ミーナの動きが止まる。

「ミーナ？」

「……ゴフッ」

ミーナは、自分の口から飛び出した血を、信じられない思いで見下ろした。

「あらあら。ミーナったら。あんまり汚しちゃダメじゃない。後片付けが大変でしょう？」

ふふふ、と。優しく笑うイリスを見て。ミーナは、震える手で己の飲んだお茶のカップを持ち上げた。

「な、何を入れたの……？」

「別に変なものじゃないわ。あなたが皇后陛下に盛ったのと同じものだもの」

「……!?」

イリスの言葉に目を見開いて何かを口にしようとしたミーナは、迫り上がって来た血のせいで咳込み、何も言うことができなかった。

体の内側が燃えるように熱く、知らず涙目になる。

「この毒、一定量を超えれば即死みたいなんだけど、薄めて使うと即死にはならないのよ」

「ア、アンタ……ッ！」

「苦しいでしょう？　薄めた毒は、内側からじわじわと内臓を破壊して死に至らしめるそうよ。でも、致死量のギリギリ手前にしてあげたから、運が良ければ生き残れるかもしれないわ」

出産直後のミーナに、毒に耐え得るだけの体力がないことは、明白だった。

「このっ、悪魔……！」

血を吐きながらイリスを罵倒するミーナへと、イリスは優しい微笑を絶やさなかった。

「悪魔はどちらかしら。悪いけど、私の夫はとても耳がいいの。だからね、あなたが監視役の青年を誑し込んで、ここから逃げるつもりだったってことは良く知っているのよ」

「なっ……！」

「罪を償うと言ったあなたの言葉を、一度は汲んであげたわ。けど、刑が執行される前にここから逃げて、あなたの子供が成長したら実母として名乗りを上げ、父親の正体を明かして地位を取り戻す算段だったんでしょう？」

「ち、違うわ！　そんなこと、ゴホッ、グフッ」

「それまでは身を潜めながら、２人で静かに生きる予定だったのよね？　離宮にある調度品を盗んで海辺に家を買って、子供を産んで楽しく過ごす計画も立てていたんでしょう？」

ミーナは必死に言い訳をしようとするも、口の中に粘着く血のせいで上手く喋れなかった。

「もう声を出すこともままならないのね。ねぇ、ミーナ。最後にいいことを教えてあげるわ。あなたが誑し込んだつもりでいた、あの監視役のジェイだけど。彼、来月結婚するのよ。お相手は私の侍女のナタリー。2人とも宰相に紹介されたんだけど、とっても優秀なの。演技だって上手だったでしょう？」

「っ……！」

血を吐きながらワナワナと震えるミーナは、信じられないものを見るようにイリスを見た。その見開かれたブラウンの瞳に向かって、イリスは尚も続ける。

「あなたが改心するなんて。そんな馬鹿げたことを、私が信じると本気で思っていたの？」

優しく微笑み続けるイリスは、穏やかにミーナへと告げた。

「あなたは女帝である私の慈悲を踏み躙り、浅はかにも逃亡を企てた。それを知った私は落胆し、慈悲深い心を鬼にしてあなたに毒杯を与えた。国民にはこの事実を公表するわ。誰もがあなたの悪行に眉を寄せ、私の決断を支持するでしょうね。だから安心して己の罪を悔やみ、無様に苦しんで、潔く死になさい」

……イリス・タランチュラン……！

鮮血が溢れ出るミーナの唇が、最期にイリスの名前を形取るも、それが音になることはなかった。

痛みと苦しみに手足をバタつかせてのたうち回り、声も出せずイリスへと手を伸ばすミーナを放置して、イリスは部屋をあとにした。

扉越しに聞こえる、ドタバタと暴れて床を引っ掻くような激しい音は次第に弱まり、やがて完全に何も聞こえなくなった。


「イリス」

イリスが階下に降りて行くと、待っていたメフィストが心配そうにイリスの手を取る。イリスは、愛する夫の手を握り返して顔を上げた。

「言ったでしょう？　ミーナが牢獄から出られるよう嘆願すると言った時、私に考えがあるって。強欲なミーナが大人しくしているわけないもの。あの牢獄から出て他者と接触する機会を与えれば、いずれこうなると思っていたわ」

その顔はすっきりしているようにも、落胆しているようにも見えた。

メフィストは妻に唇を寄せると労るようなキスをして、話題を変えるように言った。

「この子をどうする？　予定通りに始末するのか？」

メフィストに問われ、籠を覗き込んで産まれたての赤子を見たイリスは、次の瞬間、呆然と動きを止めた。

「…………」

「イリス？」

「…………アドルフ…………」

「ん？」

イリスは、その震える手を赤子へと伸ばした。

「不思議ね。あの２人の子なのに……驚くほど私の弟に似ているわ。弟のことは、産まれた瞬間からずっと見てきたもの。絶対に忘れたりしない。……まるであの子が生き返ったみたい……」

宿敵の子を泣きそうな顔で見つめ続ける妻の想いを汲み取ったメフィストは、視線を巡らせると柔らかく微笑んだ。

「…………この子を生かす方法はある。ちょうど、例の件で適任者を探していたところじゃないか」

「それって……」

「ああ。この子には、あの役割を与えよう」

「いいの？」

「僕は構わないよ。君がそれでいいのなら、だけどね」

夫の言葉に、イリスは涙を流しながら頷いたのだった。

◆◇◆◇◆

『イリスよ、良くぞやってくれた』

その夜、満足げなウサギが夢に出てきたイリスは、疲れた眼差しをウサギに向けた。

『ウサギ様。全てあなたの思い通りになりましたか？』

イリスの力ない問いかけに、ウサギは大きく頷いてみせた。

『ああ。我は大いに満足しておる。君を聖女にして本当によかった。我ながら、とてもいい選択をしたものだ。ただ処刑されるだけの楽な死に方はさせない、と言い切った君を信じた甲斐があった』

ほくほくとルビー色の瞳を輝かせるウサギは、楽しげに飛び跳ねるといつものようにイリスに額を擦り付けた。

サラサラの毛並みを仕方なく撫でながら、イリスは諦めたように溜息を吐く。

『最初から最後まで、ウサギ様に利用されたようですわ……』

『そう言うでない。聖女が神に利用され、こき使われるのは真理でもある。その真理に反したミーナに、最も屈辱的な方法で天罰を下すには君を利用するのが何よりだったのだ』

堂々とそう宣言したウサギは、イリスに向けてこの物語の本来の顛末《てんまつ》を話し始めた。

『どこまで話したか。そもそもこの物語は、帝国とサタンフォードを再び繋ぐための物語だったのだ。主要人物はヒロインのミーナ、恋人のエドガー、悪役令嬢イリス、隣国の人公子メフィスト。協力して皇帝の思惑を阻止する中で、イリスとメフィストは恋に落ちていく。皇室の血を引くイリスとサタンフォードの血を引くメフィストが結ばれ、慎ましやかなミーナとエドガーに皇位を譲られた2人は女帝と皇配になる。そして真の意味で帝国とサタンフォードは一体となるのだ。豊かになったラナーク領で、聖女のルビー眼を返上したヒロインのミーナが、元の色に戻った瞳を平和な国へと向ける。これこそが、この物語の結末だった』

これを聞いたイリスは、衝撃に目を見開いた。

『つまり……私たちが結ばれた今のこの状況も、私たちの想いも、最初から決められていたと？』

震えるイリスとは裏腹に、ウサギはあっけらかんと言い放った。

『そういうわけではない。君たちの気持ちは本物だ。そうでなければ、メフィストのあの呪いは解けないからな。古《いにしえ》より呪いを解く最も古典的で普遍的な方法は、真実の愛だ。それなくしてこの物語の終結はない。我の思い通りに動いてくれた君とメフィストは、神である我にとって祝福を贈るに値する善良な人間だ』

得意げなウサギは、ダン、と後ろ脚を踏み叩いた。

『だが、ミーナは思わぬ悪行を重ね、ヒロインとしての清らかさを失わせていった。終《しま》いには君を処刑しようとし、メフィストを牢獄に閉じ込めた。これでは肝心要の君とメフィストが出逢わないではないか。それどころか向かう先はただのバッドエンドだ。我はこう思った。この結末において重要なのはイリスとメフィストの方である。邪悪なミーナと間抜けなエドガーは、寧ろ初めから必要なかったのではないかと』

これにはイリスも、呆れ果てた目をウサギに向けた。イリスの目を見て居心地の悪そうにしたウサギは、オホンと態とらしく咳払いをして話を続ける。

『それ故にミーナを見限り、我にできる唯一のタイミングで君を聖女にしたのだ。優秀な君は我の思い通りに物語を改変してくれた。しかし、一つだけ我には懸念があった。ミーナとエドガーの間に生まれる子には、最初から用意している役割があったのだ。私が紡《つむ》ぐ次の物語には、あの子の存在が必須。ミーナが死ねば、子は生まれない。子が死ねば、その後の物語に支障が出る。君が子を生かし、我の思い通りの配役を与える選択をしてくれて本当に助かった』

『そう仕向けたのも、ウサギ様ではありませんか』

罪なき者に罪を押し付ければ聖女でなくなると脅すウサギを思い出したイリスは、低い声でウサギを睨んだ。その視線にビクビクしながらも、ウサギは言い切った。

『だが、決断したのは君であろう。我は物語の設定は弄《いじ》れても、登場人物の心の機微までは動かせない。ミーナに復讐したのも、メフィストを愛したのも、赤子を殺さない選択をしたのも、全て君の意志だ』

ウサギの瞳とイリスのルビー眼が合わさり、息を吐いたウサギはピョンと跳ねて宙に浮いた。

『我はこの先も、君とメフィストが善良である限り祝福を与えよう』

偉そうに宣言するウサギへと、ほんの少しの意趣返しのつもりでイリスは問いかけた。

『…………ウサギ様、そう言うウサギ様は、善良であると言えるのですか？』

イリスの投げかけに、ウサギは紅い目をまん丸に見開くと、可笑しそうに笑い出した。

『くくく、イリスよ。我ら神は、善良な人間を好む。そして加護を与える。しかし、我らは神だ。神が必ずしも善良である必要はないのだ』

黄金の光を残し、ウサギはイリスの夢の中から消えたのだった。

◆◇◆◇◆

ハッ、と飛び起きたイリスは、ウサギに化かされたような気分で寝起きの頭を抱えた。

「……イリス？」

隣に寝ていたメフィストが目を凝らしながら問いかけると、薄闇の中で目が合ったイリスは申し訳なさそうに苦笑した。

「ごめんなさい。起こしちゃった？　ちょっと、変な夢を見て……」

困ったようなイリスの声音に、メフィストは妻の体を抱き寄せた。

「どんな夢を見たんだ？」

「……あまり、いい夢ではなかったわ」

イリスもまた、夫の体に身を寄せる。そして自分を気遣う彼の優しさに包まれていることを実感すると、思い切って切り出した。

「ねえ、メフィスト。もし……もし、私たちの選択や行動、気持ちが、全て定められたものだったとしたら、あなたはどうする？」

一瞬だけ面喰らったメフィストは、妻のどこか切羽詰まったような様子を見て真剣に考えてみた。

「……そうだな。特にどうもしないよ」

「え？」

イリスの背を撫でながら、メフィストは薄闇の中でも分かるエメラルド色の瞳を、優しく笑みの形に細めた。

「例え何かに決められていようと、導かれていようと。僕が今感じている君への愛や、不安そうな君を慰めたいと思うこの想いは間違いなく本物だから」

額に落ちてきたキスを受け止めて、イリスはモヤモヤしていた自分が馬鹿らしくなった。

「ねえ、もう一つだけ。聞いてもいい？」

「ん？」

その短い返事でさえ蜂蜜のように甘い夫へ、イリスは彼と初めて逢った日のことを思い出しながら問いかけた。

「私が聖女にならなくて、あのまま処刑の朝を迎えていたら。あなたは本当に、私を助けてくれた？」

興味津々の目を向けるイリスへと、メフィストは微笑みながら答えた。

「ああ。勿論。君を助け出して、牢獄を抜け出して、サタンフォードに連れて帰って……今頃は、今と同じように君の隣で眠っていたんじゃないかな」

その言葉を聞いて、イリスは笑い出した。その屈託のない笑顔は、メフィストが何よりも愛し、守りたいと思うものだった。

「ふふふ、そうよね。きっとそうなっていたでしょうね。サタンフォードのあの漆黒のお城で、あなたと暮らす未来も捨てがたかったわ」

「だったら、全ての役目を終えて引退したあと、一緒にあの城に住もうか。穏やかな気候のサタンフォードで、暖かな日差しを浴びながらカッシーナの詩集を一緒に読んで過ごすんだ」

「それって最高だわ」

目尻に浮かぶ涙を拭いながら、イリスは心に決めた。

再びあのウサギに会う時が来れば、その時こそ言ってやるのだ。

ウサギ様の介入がなくても、私はきっと、彼と幸せになっていましたよ、と。

エピローグ　未明の物語

聖女であり帝国初の女帝となったイリス・タランチュラン・ラキアートは、皇配でありサタンフォード大公となったメフィスト・サタンフォード・ラキアートと共に、帝国とサタンフォードの統合と荒れた大地の復興に励んだ。

一つの国が分かれ、再び結び付いたこの国は、女帝と大公の夫婦のようにピッタリと合わさり、そこに住む人々は互いに協力し合って二国が分裂する以前の繁栄を取り戻していった。

そして不思議なことに、２人の婚姻を機に、衰退の一途だった帝国の国力に回復の兆しが見られるようになった。

国民はこれを奇跡と呼び、結ばれるべくして結ばれた2人を惜しみなく賛美した。こうして帝国の国力のみならず、朽ちかけていた皇室の権威までもが復活したのだった。

「あの日……僅かな間に僕の体を通して発動した呪いが、サタンフォードの力を帝国に押し流す道を作り、僕たちが婚姻したことでその流れが循環して、帝国とサタンフォード双方に恵みを齎すようになった……ということか」

国力回復の現象について調べた宰相と大神官ベンジャミンの報告を受け、イリスとメフィストは納得した。

「これも神の思惑通りなのでしょうね……」

遠い目をしたイリスに、メフィストが首を傾げる。

「また神と喧嘩でもしたのか？　この前意趣返しをしたんだろう？」

「喧嘩をしたわけではないわ。ただ、神の相手をするのは疲れるのよ。それより、これからは帝国の干ばつも減って、砂漠化も終息して少しずつ土壌が豊かになるのよね？　それも、サタンフォードにも恵みを齎しながら」

「左様でございます」

大きく頷いた宰相と大神官を見て、イリスはホッと息を吐いた。

「これで国力低下の問題とサタンフォードの帰属問題は無事に解決ね。あとは皇族を増やして国を安定させたいところだけれど……これればかりはなかなか難しいわね」

生まれて間もない赤子を抱きながら、イリスが夫を見る。

「もう二度と、君をあんな目には遭わせられない。この子一人いれば十分だよ」

即位後暫くして、第一子を授かったイリスとメフィスト。しかし、この男児が生まれるまでにイリスは散々難産に喘《あえ》ぎ、一時は死の淵を彷徨うほどだった。苦しみで気を失ったところを神に叩き起こされたことまで思い出し、イリスは苦笑を浮かべる。

「一人っ子だからと甘やかして、エドガーみたいに間抜けで不甲斐ない子にはできないわ。私とあなたで大切に厳しく育てないと」

「そうだな」

寄り添い合う2人に向かい、コホンと小さな咳払いが聞こえる。

「我々も協力しますぞ」

「ルフランチェ侯爵、アルフレッド、いらっしゃい」

宰相職を息子に譲ったルフランチェ侯爵が連れている幼い男児アルフレッド・タランチュランは、この先タランチュラン公爵家を継ぐ者として教育を受けている。表向きはイリスの遠縁の遺児とされているが、その両親は廃太子として死んだエドガーと、元聖女のミーナだった。

この事実を知るのは、帝国内でも数人のみ。イリスは今後、本人にもこのことを伝える予定はなく事実を闇に葬るつもりだ。そして、この先の生涯にわたって〝タランチュラン公爵〟として活躍し、タランチュラン家の復興に励むアルフレッド本人が、この事実を知ることは一生なかった。

「そうね。アルフレッドはこの子の側近になる予定ですもの。それと、ルフランチェ侯爵の孫息子もこの子が即位する頃には宰相になっているのでしょうね」

イリスの言葉にルフランチェ侯爵が大きく頷いた。

「勿論ですとも。その時に備え、今から鍛えているところです。例え皇子殿下が色恋に現《うつつ》を抜かし公務を疎かにするようになったとしても、支障がないほど優秀な側近に育ててみせましょう」

優秀な孫を自慢したくて堪らないルフランチェ侯爵は、誇らしげに胸を張った。

「まあ、やめてちょうだい。そんな無責任な子に育てるつもりはないわよ。この子は自分の役目を知り、全うする子になるわ」

イリスが我が子を愛おしく見つめると、その横からメフィストがイリスの肩を抱いた。

「そうだな。君と僕と、宰相に大神官。ルフランチェ侯爵、アルフレッド、それからジェイやナタリーもいる。この子はきっと、立派な君主になるはずだ」

控えていたジェイとナタリーは、メフィストの言葉に力強く礼をした。

これだけの人間の期待を一身に背負うのは、もしかすると重過ぎるかもしれない。それでも幼い皇子はまだ何も理解していないようで、キョロキョロと大きな瞳で周囲の人間を見るだけだった。

その様子に苦笑しつつも、イリスは恥ずかしそうに隅に立つ、死んだ弟の生き写しのような幼いアルフレッドと、腕の中の愛らしい赤子を交互に見た。

そこには真っ新《さら》な未来がある。

「この子たちの物語は、まだ未明なのね」

腕の中でキョトンとイリスを見上げる息子の、メフィスト譲りのエメラルド色の瞳。イリス譲りの透けるような金髪。誰もが見惚れるような美しい顔立ち。

天使のような我が子にキスを贈りながら、イリスは呟いた。

「この先あなたが、どんなふうにあなたの物語を紡ぐのか。とても楽しみにしているわよ、私のエヴァンドロ」

微笑むイリスは、愛する夫の手と愛息子の手を握りながら。透き通るような空色の瞳を、皇宮の外に広がる帝国へと向けたのだった。

次世代型コンテンツポータルサイト

ツギクル https://www.tugikuru.jp/

「ツギクル」はWeb発クリエイターの活躍が珍しくなくなった流れを背景に、作家などを目指すクリエイターに最新のIT技術による環境を提供し、Web上での創作活動を支援するサービスです。

作品を投稿あるいは登録することで、アクセス数などの人気指標がランキングで表示されるほか、作品の構成要素、特徴、類似作品情報、文章の読みやすさなど、AIを活用した作品分析を行うことができます。

今後も登録作品からの書籍化を行っていく予定です。

ツギクルAI分析結果

「物語完結後から始まる悪役令嬢の大逆転劇」のジャンル構成は、ファンタジーに続いて、SF、歴史・時代、ミステリー、恋愛、ホラー、現代文学、青春、童話の順番に要素が多い結果となりました。

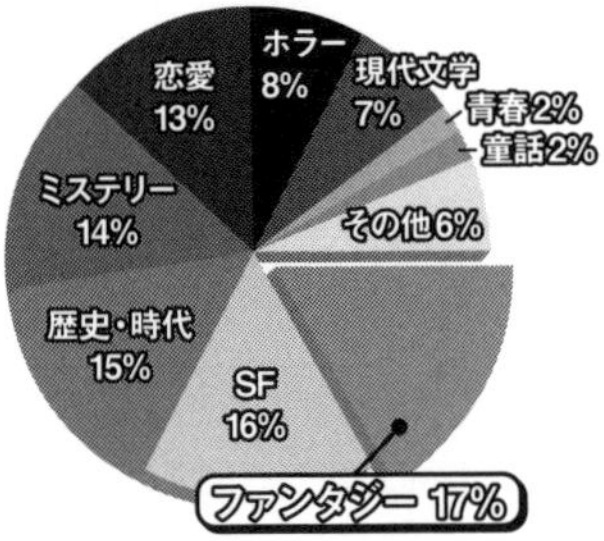

期間限定SS配信

「物語完結後から始まる悪役令嬢の大逆転劇」

右記のQRコードを読み込むと、「物語完結後から始まる悪役令嬢の大逆転劇」のスペシャルストーリーを楽しむことができます。ぜひアクセスしてください。
キャンペーン期間は2023年12月10日までとなっております。

「精霊の花嫁」の
兄は、
騎士を諦めて
悔いなく生きる
ことにしました
Seirei no hanayome no ani ha, kishi wo akiramete kuinaku ikirukotoni shimashita
著 池乃家あひる
イラスト 松本テマリ
スパダリおっさん×家出青年、冒険ファンタジー！
僕はあなたと
旅します！
精霊王オルフェンに創造されたこの世界で、唯一精霊の加護を授からなかったディアン。落ちこぼれと呼ばれる彼とは対照的に、妹は精霊に嫁ぐ名誉を賜った乙女。だが、我が儘ばかりで周囲に甘やかされる妹に不安を募らせていたある日、ディアンは自分の成績が父によって改ざんされていた事を知る。「全てはディアンのためだった」とは納得できずに家を飛び出し、魔物に襲われた彼を助けたのは……
不審点しかない男と一匹の狼だった。
これは、他者の欲望に振り回され続けた青年と、
彼と旅を続けることになったおっさんが結ばれるまでの物語である。
定価1,320円（本体1,200円＋税10%）
ISBN 978-4-8156-2154-4

ちったい俺の
巻き込まれ
異世界生活
1〜4
著 ぬー
イラスト こよいみつき
異世界転生したら幼児になっちゃいました!?
コミカライズ企画進行中！
ちったい俺でも
異世界を楽しんでいい？
巻き込まれ事故で死亡したおっさんは、幼児ケータとして異世界に転生する。聖女と一緒に降臨したということで保護されることになるが、第三王子にかけられた呪いを解くなど、幼児ながらに次々とトラブルを解決していく。
みんなに可愛がられながらも異才を発揮するケータだが、ある日、驚きの正体が判明する——
ゆるゆると自由気ままな生活を満喫する幼児の異世界ファンタジーが、今はじまる！
定価1,320円（本体1,200円＋税10%） ISBN978-4-8156-1557-4
ツギクルブックス
https://books.tugikuru.jp/

花火の場所取りをしている最中、突然、神による勇者召喚に巻き込まれ異世界に転移してしまった迅。巻き込まれた代償として、神から複数のチートスキルと家などのアイテムをもらう。目指すは、一緒に召喚された姉（勇者）とかかわることなく、安全で快適な生活を送ること。
果たして迅は、精霊や魔物が跋扈する異世界で快適な生活を満喫できるのか——。
精霊たちとまったり生活を満喫する異世界ファンタジー、開幕！

定価1,320円（本体1,200円＋税10%）　ISBN978-4-8156-0573-5

婚約者が明日、
結婚するそうです。
著：櫻井みこと
イラスト：カズアキ
そんな婚約者は、お断り！
勇者様と
幸せな生活を謳歌します！
王都から遠く離れた小さな村に住むラネは、５年前に出て行った婚約者が
聖女と結婚する、という話を聞く。もう諦めていたから、なんとも思わない。
どうしてか彼は、幼馴染たちを式に招待したいと言っているらしい。
王城からの招きを断るわけにはいかず、婚約者と聖女の結婚式に参列することになったラネ。
暗い気持ちで出向いた王都である人と出会い、彼女の運命は大きく変わっていく。
不幸の中にいたラネが、真実の愛を手に入れる、ハッピーエンドロマンス。
定価1,320円（本体1,200円＋税10％）　978-4-8156-1914-5
ツギクルブックス
https://books.tugikuru.jp/

転生貴族の優雅な生活
著 綿屋ミント
イラスト 秋吉しま
これぞ異世界の優雅な
貴族生活!
本に埋もれて死んだはずが、次の瞬間には侯爵家の嫡男メイリーネとして異世界転生。
言葉は分かるし、簡単な魔法も使える。
神様には会っていないけど、チート能力もばっちり。
そんなメイリーネが、チートの限りを尽くして、男友達とわいわい楽しみながら送る優雅な貴族生活、
いまスタート!
定価1,320円（本体1,200円＋税10%）　ISBN978-4-8156-1820-9
ツギクルブックス
https://books.tugikuru.jp/

2023年8月、
最新15巻
発売予定！
もふもふを
知らなかったら
人生の半分は無駄
にしていた
1～14
著／ひつじのはね
イラスト／戸部淑
冒険あり、癒しあり、笑いあり、涙あり
もふもふたちに囲まれた
異世界スローライフ！
魂の修復のために異世界に転生したユータ。異世界で再スタートすると、
ユータの素直で可愛らしい様子に周りの大人たちはメロメロ。おまけに妖精たちがやってきて、
魔法を教えてもらえることに。いろんなチートを身につけて、目指せ最強への道？？
いえいえ、目指すはもふもふたちと過ごす、
穏やかで厳しい田舎ライフです！
転生少年ともふもふが織りなす
異世界ファンタジー、開幕！
定価1,320円（本体1,200円＋税10%） ISBN978-4-8156-0334-2

人質生活から始めるスローライフ
1~2
著 小賀いちご
イラスト 結城リカ
異世界キッチンから幼女ご飯
優しさ溢れる
人質生活
竹書房「WEBコミックガンマぷらす」にて
コミカライズ好評連載中!

コンビニでツギクルブックスの特典SSやブロマイドが購入できる！

famima PRINT　セブン-イレブン

『異世界に転移したら山の中だった。反動で強さよりも快適さを選びました。』『もふもふを知らなかったら人生の半分は無駄にしていた』『三食昼寝付き生活を約束してください、公爵様』などが購入可能。
ラインアップは、今後拡充していく予定です。

特典SS　80円(税込)から

ブロマイド　200円(税込)

「famima PRINT」の詳細はこちら
https://fp.famima.com/light_novels/tugikuru-x23xi

「セブンプリント」の詳細はこちら
https://www.sej.co.jp/products/bromide/tbbromide2106.html

ツギクルブックス

愛読者アンケートに回答してカバーイラストをダウンロード！

愛読者アンケートや本書に関するご意見、sasasa先生、くにみつ先生へのファンレターは、下記のURLまたは右のQRコードよりアクセスしてください。

アンケートにご回答いただくとカバーイラストの画像データがダウンロードできますので、壁紙などでご使用ください。

https://books.tugikuru.jp/q/202306/monogatarikanketsugo.html

本書は、「小説家になろう」（https://syosetu.com/）に掲載された作品を加筆・改稿のうえ書籍化したものです。

物語《ものがたり》完結《かんけつ》後《ご》から始《はじ》まる悪役令嬢《あくやくれいじょう》の大逆転劇《だいぎゃくてんげき》

2023年6月25日　初版第1刷発行

著者　sasasa

発行人　宇草 亮
発行所　ツギクル株式会社
〒106-0032　東京都港区六本木2-4-5
TEL 03-5549-1184
発売元　SBクリエイティブ株式会社
〒106-0032　東京都港区六本木2-4-5
TEL 03-5549-1201

イラスト　くにみつ
装丁　株式会社エストール

印刷・製本　中央精版印刷株式会社

ISBN978-4-8156-1916-9
Printed in Japan